アデル　人喰い鬼の庭で

レイラ・スリマニ

松本百合子 訳

集英社文庫

目次

アデル　人喰い鬼の庭で

両親へ

違う、わたしじゃない。苦しんでいるのは他の誰かだ。
わたしなら、こんなにも苦しむはずがない。

アンナ・アフマートヴァ『レクイエム』

めまい、それは落ちていく恐怖とは別のものだ。めまいとは我々の下にある空虚が我々を引き寄せ、魅了する声、恐ろしさにかられて身を守ろうとすることになる落下への欲望だ。めまいがする、それは自分自身の弱さに酔いしれること。自分の弱さに気づいていて、それに抵抗したくない、それでも身を任せてしまう。自分自身の弱さに酔いしれ、もっと弱くなりたいと願う。みんなの見ている通りの真ん中で倒れこみ、地べたにいたい、地べたよりさらに低いところに行きたいと願う。

ミラン・クンデラ『存在の耐えられない軽さ』

一週間、がまんしている。一週間、負けなかった。アデルはいい子にしていた。四日間で三十二キロ走った。ピガールからシャンゼリゼ、オルセー美術館からベルシーまで走った。朝は人気のない河岸を走った。夜はロッシュシュアール大通りとクリシー広場を走った。アルコールを飲まず、早寝をした。

しかし昨夜、あの夢をみてからはもう寝付けなくなってしまった。熱い吐息のように忍びこんでくる、じっとりとして、いつ終わるともしれない夢。もうそれしか考えられない。寝静まった家で、アデルは起きだし、濃いコーヒーを飲む。キッチンで立ったまま足踏みをする。タバコを吸う。シャワーを浴びながら、からだを引っ掻きたくなる、からだを真っ二つに引き裂いてしまいたくなる。壁に額を打ちつける。からだを摑まれ、ガラスに頭を叩きつけられたい。目を閉じるや、雑音と吐息とうなり声、そしてからだを動かす音が聞こえてくる。裸の男が喘ぎ、女はオルガスムに達する。群れの真ん中で、貪り食われ、舐められ、全身を呑みこまれるただのオブジェになりたい。乳首をつままれ、お腹をかじられたい。人喰い鬼の庭で人形になりたい。

彼女は誰も起こさない。暗闇の中で着替え、「いってきます」も言わない。神経が昂りすぎていて、相手が誰であれ、笑顔で朝の会話を始めることなどできない。アデルは家を出て、人っ子一人いない通りを歩く。吐き気を覚え、メトロのジュール・ジョフラン駅の階段をうつむきがちに降りる。プラットフォームでネズミがブーツをかすめて走ると、はっとして飛びあがりそうになる。車内でアデルは周囲を見回す。安物のスーツを着た男が彼女を見ている。雑に磨かれた、先の尖った靴を履き、毛むくじゃらの手をしている。醜い。彼はちょうどいい相手かもしれない。恋人を腕に抱いて首にキスをしている学生もいい。目を上げて彼女を見ることもなく、窓ガラスに寄りかかって本を読んでいる五十代の男もいい。

アデルは向かいの席の上にあった昨日の日付の新聞を手に取る。ページをめくる。見出しが混じり合い、神経を集中することができない。いらいらして新聞を置く。このままここにはいられない。鼓動が高まり、息苦しくなる。ストールをゆるめ、汗ばんだ首に沿って滑らせ、誰もいない席に置く。立ちあがり、コートのボタンを外す。ドアの取っ手を握り、足をがたがた震わせて、いつでも飛びだしていく準備はできている。

携帯電話を忘れてきてしまった。アデルは再び腰かけ、バッグの中身を全て出し、パウダーを床に落とし、イヤホンが絡まっていたブラジャーを引っ張る。このブラジャー、無防備ね、と思う。携帯電話を忘れたはずはない。もし忘れたのだとしたら家に戻らなくてはいけない。言い訳をし、嘘をつかなくてはならない。いや、忘れていなかった。持っていたのに見えなかっただけだ。アデルは出したものを全てバッグに元通りしまう。みんなに見られているような気がする。この車両に乗っている全ての人が、パニックに陥っている彼女を、真っ赤になった頬を、ばかにしているような気がする。アデルは携帯電話を開き、真っ先に目に飛びこんできた名前を見てふっと笑う。

アダン。

いずれにしても、もうダメだ。

欲しい、もう負けてしまった。堤防は決壊した。がまんしたところでどうなるだろう。人生がもっと素敵になるわけでもない。彼女は今、阿片中毒患者のような、トランプ遊びに熱中する者のような思考回路に陥っている。ここ数日のあいだ誘惑を追い払えたことに満足するあまり、危険を忘れていた。立ちあがり、べとついたレバー型の取っ手を持ちあげると、扉が開く。

マドレーヌ駅。

車両に吸いこまれるようにして乗りこんでくる人の波を突っきる。アデルは出口を探す。カプシーヌ大通り、彼女は走りだす。彼がいますように、彼がいますように。デパートの前で諦めようかと考える。ここでメトロに乗れば、九号線に乗れば、乗り換えなしにオフィスに行ける。編集会議に間に合う。メトロの入り口の周りをうろうろし、タバコに火をつける。バッグをお腹に押しつける。ルーマニア人のスリのグループが見ている。頭にスカーフを巻いた一群が、偽のアンケート用紙を手にアデルに近づいてくる。アデルは歩くスピードをあげる。異常な様相でラファイエット通りに入り、方向を間違え、来た道を引き返す。ブルー通り。建物の入り口で暗証番号を押して中に入り、怒り狂った人のように階段を駆けあがり、三階の重い扉を叩く。

「アデル……」アダンは寝起きの腫れた目で微笑む。彼は何も身につけていない。

「しゃべらないで」アデルはコートを脱ぎ、彼に飛びかかる。「お願い」

「電話くらいできるだろう……まだ八時前だよ……」

アデルはすでに裸になっている。アダンの首に爪を立て、髪をかきむしる。アダンは茶化しながら興奮している。アデルを乱暴に押し、平手打ちをする。アデルは彼の性器を摑み、自ら挿入する。壁にもたれた格好で立ち、彼が自分の中に入ってくるのを感じる。不安が消えていく。感覚が戻ってくる。重苦しかった心が軽やかになり、頭が空っぽになる。アダンの尻を摑み、男のからだに伝わるように、熱烈に、激しく、スピードをあげていく。アデルはどこかに到達しようとする、地獄のような怒りにとらわれる。

「もっと強く、もっと強く」と叫びだす。

彼女はこのからだを知っている、それが彼女を苛立たせる。通り一遍でドライだ。予告なしにサプライズでやってきたのに、それだけではアダンをより淫乱にはさせられないのだ。抱擁はみだらさにも優しさにも欠けている。アデルはアダンの手を自分の胸に置き、彼であることを忘れようとする。目を閉じ、誰かに強要されていると想像する。彼はもはやそこにいない。顎を強ばらせて、彼が彼女のからだの向きを変える。いつもと同じように右手をアデルの頭に置き、床に向かって押しさげ、左手で腰を摑む。からだを激しく動かし、喘ぎ、オルガスムに達する。

アダンは急に激情にかられる傾向がある。

アデルは服を着て彼に背中を向ける。裸の自分を見られるのが恥ずかしい。

「仕事に遅れるわ。電話するわね」

「お好きなように」とアダンは答える。

彼はキッチンの扉にもたれてタバコを吸っている。性器の先っぽにぶら下がっているコンドームに片手で触れる。アデルは見ないようにする。

「ストールが見つからない。見なかった？　グレーのカシミアの。大好きなの」

「探しておく。次のときに渡すよ」

アデルは何事もなかったふりをする。大切なのは罪の意識を抱いているという印象を与えないことだ。タバコ休憩から戻ってきたかのようにオープンスペースを横切り、同僚に微笑みかけ、席につく。シリルがガラス張りの檻（おり）のような部屋から顔を出す。彼の声は、キーボードを叩く音、電話で話す声、次々と記事を吐きだすプリンターの音、コーヒーの自動販売機の周りで議論する者たちの声に紛れている。彼がどなる。

「アデル、もう十時だぞ」

「アポがあったのよ」

「ああ、そうだろうな。だが、二つ記事が遅れているんだぞ、きみのアポなんてどうでもいい。二時間後に記事がほしい」

「記事なら書くわよ、あなたの待ってる記事。ほとんど仕上がっているもの。お昼のあと、それでいい？」

「もう、うんざりだ、アデル！　きみだけを待ってるわけにはいかないんだ。校了だってわかってるんだろうな、くそっ」

シリルは両腕を大きく振りかざして椅子にどさっと腰をおろした。

アデルはパソコンの電源を入れ、両手で顔を覆った。何を書こうか、全くアイデアが浮かばない。チュニジアの緊迫した社会情勢に関する記事など引き受けなければよかった。編集会議のときに何を間違えて手をあげてしまったのか。

受話器を手に取り、現場にいるしかるべき相手に電話をすべきだろう。質問をし、情報を突き合わせ、出所（でどころ）を吐きださせるべきだろう。部数を上げるためならなんでもする覚悟のシリルが耳にたこができるくらい繰り返す、ジャーナリストの厳密さ、書きたいという意欲、いい仕事をするという確信、こうしたことをもっと自覚すべきなのだとアデルは思う。本当ならランチはオフィスで取るべきなのかもしれない。ヘッドホンを付けて、パン屑で汚れたキーボードに手を乗せて。サンドイッチをかじりながら、極端に自信過剰な広報の女が、校了前に原稿を読み返すよう強要するため電話をかけてくるのを待つべきなのだろう。

アデルはこの仕事が好きではない。生きていくために働かなくてはならないという考えが嫌いだ。人から見られたいという以外に、なんの野望も持ったことがなかった。だからこそ女優になろうと努力をした。パリに行って俳優養成コースを受講したが、そこで自分は並以下と気づかされた。教師たちは、美しいまなざしとミステリアスな一面を持っていることは認めてくれた。「しかし女優というのは、自分を解き放つことを知らなくてはならないのですよ、マドモワゼル」と言われた。アデルは運命が現実となるのを長いこと家で待ちわびた。しかし思い描いたようにはならなかった。

　アデルは金持ちで家を留守にしがちな夫の妻になりたかった。彼女の周りにいる仕事を持つ女性たちの顰蹙を買っても、アデルは夫が戻ったときにきれいでいること以外に何もせず、何の心配もなく大きな家でだらだらしていたかった。男たちの気晴らしをするための才能を買われていたら、見事なまでに能力を発揮できただろう。

　夫のリシャールは稼ぎがいい。ジョルジュ・ポンピドゥー病院の消化器外科の勤務医として仕事をし始めてから、当直や出張を繰り返してきた。彼らはバカンスにも度々出かけて、パリの十八区の「山の手」地区に大きなアパルトマンを借りて生活している。アデルは恵まれているが、夫は妻が自立していると思うことに誇りを抱いている。彼女はこれで十分とは思っていない。この人生はちっぽけで、惨めで、スケールに欠けていると。彼らのお金は仕事のにおいがする。病院で過ごす長い夜と汗のにおいがする。彼は批判することが好きで気難しい。怠惰も衰退も彼女に許さない。

　アデルはコネがあって新聞社に入った。リシャールが社長の息子と友達で、彼女のことを話してくれたのだ。アデルはこうしたことはあまり気にならなかった。どこの世界でもよくあることだ。最初のうちは仕事ができるようになりたいと思っていた。上司に気に入られたかった。効率が良く、臨機応変の才能を持っているところを見せて驚かせようと思うと興奮した。情熱と大胆さも見せつつ、編集部の誰一人として望みさえしなかった大物へのインタビューも手に入れた。しばらくしてシリルは鈍いやつだとわかった。一冊も本らしい本を読んだことがなく、人の才能を判断できるような能力は持ちあわせていない。絶望的な野心をアルコールで紛らわそうとしている同僚たちを、彼女は軽蔑し始めた。そしてしまいにはこの仕事が大嫌いになった。オフィスもパソコンの画面も、ばからしいひけらかしも。一日に十回も大臣に電話をしたあげく、手ひどくあしらわれ、意味のない言葉を吐かれるのはもう耐えられない。広報の女性に猫なで声を出して頼み事をするのも屈辱でしかない。大事なのは、ジャーナリストという仕事がもたらす自由だ。収入は少ないが、旅に出られる。居場所も言わず、言い訳もせず、秘密の約束をして姿を消すことができる。

アデルは結局、誰にも電話をしない。まっさらのページを開いて、書く準備をする。無名な人から出た言葉の引用をでっち上げる。彼女の得意技だ。「政府の関係者によると」「当局の内幕を知る人物によると」彼女はそれなりのキャッチフレーズを見つけ、情報収集のために現地に足を運んでいると信じて疑わない読者の気を逸(そ)らすために、ほんの少しユーモアも付け加える。テーマについていくつかの記事に目を通し、要約し、コピーして貼りつける。一時間とかからない。
「シリル、記事を書いたわよ!」彼女はコートをはおりながら叫ぶ。「ランチに行ってくる。戻ったら話しましょう」

通りは寒さで凍りついてしまったように灰色だ。通りを行き交う人々は憔悴した様子で、青白い顔をしている。目に入る何もかもが、早々に帰宅して休みたいと思わせる。スーパーマーケットの前にいるホームレスはいつもより飲み過ぎたようだ。通気口の上に横になって寝ている。ズボンがずり落ちているので、垢に覆われた背中とお尻が見える。アデルは同僚と一緒に、きれいとは言えない床のブラッスリーに入っていく。いつものようにベルトランが少し大きすぎる声で言う。「もうここへは来ないって約束したんだよな、なんたってオーナーが国民戦線の活動家だっていうんだから」

それでも、暖炉があってコストパフォーマンスがいいから彼らはここにやってくる。退屈しないようにアデルは会話を始める。必死に話題を見つけ、すでに忘れられているような噂話を持ちだし、クリスマスの予定をそれぞれに訊いていく。ギャルソンが注文を取りにくる。アデルがワインを提案する。同僚たちはおずおずと頭を横に振る。飲み物はと訊かれると、昼間から飲むのは如何なものかなどと言って、わざとらしくためらいを見せる。「わたしがみんなにおごるから」アデルが言う。預金も底を突いているし、同僚の誰一人として彼女にワインの一杯もおごったことはないが、そんなことはどうでもいい。今、この場を取り仕切り、リードするのは彼女だ。ごちそうするのは彼女で、暖炉の薪の燃える匂いの中、サン・テステフを一杯飲んだあとは、同僚のみんなが自分のことを好きで、みんな自分に借りがあるという気分に浸れるのだから。

　レストランを出たときには十五時半を回っている。ワインと濃厚な料理、コートと髪の毛に染みついた暖炉の火の匂いのせいで、みんな目がとろんとしている。アデルは編集部で真向かいに席のある同僚、ローランの腕をとる。彼は背が高く、痩せていて、安っぽい付け歯のせいで馬面のような印象を与えている。

　オープンスペースでは誰も仕事をしていない。ジャーナリストたちはパソコンの画面の前でうとうとしている。フロアの奥では同僚たちがいくつかのグループになって話をしている。ベルトランは、五十年代のスターのような格好をしてきた研修生の女の子をからかっている。窓際には何本ものシャンパーニュが冷えている。酔っ払ってもいい瞬間が訪れるのをみんなが待っている。家族や本当の友達からは遠い場所で。クリスマスのこの飲み会は、編集部では絶対的な習慣となっている。年間のプログラムに組みこまれたお楽しみの時間で、この日だけはみんな羽目を外して本性を晒すが、翌日からはまた完全に仕事の関係に戻る。

　編集部のみんなは知らないことだが、昨年のクリスマスの飲み会はアデルにとっては絶頂に登りつめた日だった。そして一夜にして幻覚から覚め、仕事に対する意欲を失った。編集長が集まるための会議室で、黒い漆塗りの長い木のテーブルの上でシリルとセックスをした。ふたりともかなり飲んでいた。アデルは終始シリルのそばにいて、彼の冗談に笑いころげ、ふたりきりになるや、恥じらいと限りない優しさに満ちた視線で彼を見つめた。彼にひどく心を惹かれ、魅入られているふりをしていた。彼は最初に会ったときの印象を口にした。

「傷つきやすくて、臆病で、お行儀のいい子に見えたよ……」

「ちょっとぎこちないってこと？」

「そうかもしれない」

　彼女はまるで小さなトカゲのように、素早く彼の舌に唇を押しあてた。彼はどぎまぎした。編集部は空っぽだった。同僚たちがゴブレットや吸い殻を片づけているあいだに、ふたりは二階の会議室に消えたのだ。お互いに飛びかかり、アデルがシリルのシャツのボタンを外した。上司でしかなく、ある意味触れてはならない相手だったときにはとても素敵に思えていたシリル。ところが漆塗りの黒いテーブルの上で、彼は太鼓腹と不器用さをあらわにしていた。「飲みすぎた」と言って思うように勃たない言い訳をした。

そして両手をアデルの髪にかき入れ、股間に頭を押しつけた。アデルは彼の性器を喉の奥まで受け入れながら、吐きたい、嚙みつきたい気持ちを抑えていた。

とはいえ、彼女は彼が欲しかったのだ、ずっと。シリルに自分の容姿をいつか褒めてもらえるようにという期待を込めて、きれいに見せるために、素敵なワンピースを選ぶために毎日早起きをした。記事は締め切りより早く仕上げ、世界の果てまで取材に行くと言って積極的なところを見せ、常に解決策を見つけてオフィスに戻り、問題など一切起こさなかった。こうしたこと全てが彼に気に入られるという唯一の目的のためだった。

彼を手に入れてしまった今、仕事をする意味などあるだろうか？

今夜、アデルはシリルと距離を置いている。彼も気づいているに違いないが、ふたりの関係は冷え冷えとしていた。あの日から送られてくるようになったばからしいメッセージに彼女は耐えられなかった。ディナーに行かないかとおずおずと誘ってきたとき、アデルは肩をすくめてみせた。「そんなことしてなんになるの？　わたしは結婚してる、あなたもでしょ。お互いを苦しめるだけ、そう思わない？」

今夜、アデルは標的を誤るつもりはない。日本の漫画のコレクションについて事細かに何度も何度も繰り返し話して彼女をうんざりさせているベルトランと、ジョークを飛ばし合っている。ジョイントを吸ったばかりなのだろう、彼の目は赤く、息もいつもより乾いている。アデルはにこやかだ。いつも不平不満ばかり口にしている太り過ぎの資料整理係の女性も、今夜ばかりは笑みを浮かべている。その彼女にもアデルは友好的なふりをしている。シリルが新聞の一面で褒めちぎった政治家のおかげで、今夜はシャンパーニュがふんだんにある。アデルはもうじっとしていられない。自分は美しいと知っているのに、この美貌が無駄になっていると思うのがいやなのだ。明るく振る舞っても意味がない。

「みんなまだ帰らないでしょ、行きましょうよ！」ローランに懇願する。キラキラ輝く目で、こんなにも情熱的に頼まれたら、残酷すぎて何があっても誰も断れない。

「おまえたちも行くだろ？」それまで話していた三人のジャーナリストにローランは声を掛けた。

薄紫色にたなびく雲に向けて開かれた窓。その部屋の薄暗がりの中で、アデルは裸の男を見ている。枕に顔を押しつけ、満ち足りて眠っている。死んでいてもおかしくない。交尾のあとで息絶える昆虫のように。

アデルはあらわになった胸の上で両腕を交差させてベッドから出る。男にかかっているシーツを持ちあげると、そのからだは暖を求めて身を縮こまらせる。アデルは彼に年は尋ねなかった。なめらかでふっくらした肌、彼女を連れこんだ屋根裏部屋からして、自ら口にしていた年齢よりずっと若いと思わせた。短い足と、女のような尻。

夜明けのひんやりした光が雑然とした部屋を浮かびあがらせる。アデルは服を着る。彼について来るべきではなかった。やわらかな唇を押しつけられたとき、すでに間違いに気づいていた。彼には彼女を満たすことはできないと。逃げるべきだった。この屋根裏部屋に上がれない言い訳を見つけるべきだった。「もう十分に楽しんだじゃない？」と言って。腰に回された手とどんよりした目、重苦しい息遣いを振り払って、何も言わずにバーを後にすべきだった。

　彼女にはその勇気がなかった。

　ふたりは足をふらつかせながら階段をのぼった。一段ごとに魔法が解けていき、陽気な酔いは吐き気へと変わっていった。男が服を脱ぎ始めた。味気ないファスナー、平凡な靴下、若い酔っ払いの不器用な仕草を見ているだけで彼女の胸は締めつけられた。「もう何も言わないで。もう何にも欲しくない」と言ってしまいたかった。しかし、もう後戻りはできなかった。

　なめらかな上半身の下に横たわり、アデルは早く終わらせることしか考えられなかった。男が気持ちよくなって、口を閉じ、早く果てるように、没頭しているふりをして、少し大げさにうめき声を出した。彼は彼女が目を閉じていることに気づいただろうか。まるで彼を見るだけで嫌悪感を催(もよお)し、すでに次の男たち、本物の、本当の意味で満足させてくれる男たちのことを考えているかのように、彼女は怒りからきつく目をつむっていた。

　アデルはそっとアパルトマンのドアを引く。建物の中庭でタバコに火をつける。あと三回吸ったら夫に電話をする。

「起こしちゃった？」

　彼女は夫に、新聞社のすぐ近くに住んでいる友人のロレンヌの家に泊まったと言う。

息子の様子を尋ねる。「ええ、楽しい飲み会だったわ」そう言って電話を切る。建物の入り口にある染みのついた鏡の前でシワを伸ばすように顔を撫でながら、嘘をついている自分の顔を見る。

人気のない通りで、彼女は自分の足音を聞いている。停止しようとしているバスに乗りこむために走ってきた男にぶつかられて叫び声をあげる。アデルは歩いて帰る。誰もいなくなった家に避難できるように、誰からも何も訊かれないように、時間をつぶす。音楽を聴き、凍りついたパリの街に溶けていく。

リシャールが朝食を下げてくれていた。汚れた皿がシンクに積み重なり、一枚のお皿にはバターのついたパンが残っている。アデルは革のソファに腰かける。コートも脱がず、バッグを腹に抱きかかえる。じっとしている。シャワーを浴びてからでないと彼女の一日は始まらない。タバコくさいシャツを洗うまでは。化粧をして目の下のクマを隠すまでは。とりあえず、垢のついたからだのまま、二つの世界のあいだを宙ぶらりんになってさまよい、今という時間を操っている。危険は去った。もう何も恐れるものはない。

アデルは疲れきった顔をして、カラカラの喉で新聞社に着く。前夜から何も食べていない。疲れと吐き気を解消するために何かお腹に入れなければと思い、近くのまずいパン屋で干からびたようなパン・オ・ショコラを買う。口をつけてみるが、なかなか嚙めない。トイレに閉じこもり、からだを丸めて眠りたい。眠い。恥ずかしい。

「やあアデル、疲れてない?」

ベルトランがデスクについたアデルに屈みこみ、意味深なまなざしを投げてくるが彼女は取り合わない。パン・オ・ショコラをゴミ箱に投げつける。何か飲みたい。

「昨夜は絶好調だったな。頭痛はしない?」

「大丈夫よ、ありがとう。コーヒーが飲みたいだけ」

「ほろ酔いになると、まるで別人だな。いつもはまじめな生活を送っていて、とりすましたプリンセスみたいだけど、実はかなりの遊び人なんだな」

「やめて」

「笑わせてもらったよ。それにダンスも上手いし！」

「もういいでしょ、ベルトラン。仕事を始めなきゃ」

「おれもだよ、やることが山ほどある。ほとんど眠ってなくてクタクタだけどな」

「なら頑張って」

「きみの帰るところを見なかったけど、あの若いやつ、連れ帰ったの？　名前、書きとめた？　それとも、ただそれだけって感じ？」

「あなたはどうなの？　キンシャサに取材で行くたび部屋に連れこむ娼婦たちの名前を全部書きとめておくの？」

「変なこと言うなよ！　からかっただけだよ。でもさ、朝の四時にすっかり酔って帰ってもきみの夫は何も言わないの？　あれこれ質問しないの？　うちならかみさんが……」

「黙って！」アデルが彼の言葉を遮った。息を切らし、頬を紅潮させてベルトランに顔を近づける。「今後一切、夫のことは口にしないで。わかった？」

ベルトランは両手のひらを天に向けて後ずさりする。

アデルは軽はずみだった自分に腹をたてている。踊らなければよかった、あんなに気さくに振る舞わなければよかった。ローランの膝の上で酔っ払って、震える声で、子ども時代の暗い思い出なんて語らなければよかった。バーカウンターから、例の若者も含めてみんな、ローランに客引きでもしているかのようなアデルを見ていた。見ていながら、批判もしなかった。最悪だ。これからはアデルになれなれしく接することができる、「共犯者」的に一緒に楽しめると思うだろう。その話を餌におもしろおかしく語れると思うだろう。男たちにとってアデルは淫らで、あばずれで、都合のいい女。女たちにとっては、男を追いかけ回す女。寛大な人たちは、傷つきやすく、もろい女性なのだと考えるだろう。みんな間違っている。

土曜日、リシャールは海辺に出かけようと提案した。「早朝に出発しよう、リュシアンは車で寝かせておけばいいから」アデルは渋滞を避けようとしている夫に不快な思いをさせないために、夜明けと共に起きだす。荷物を用意し、息子に服を着せる。日中は寒くても日差しがあふれ、精気を目覚めさせ、無気力に過ごすことなど許されそうにない一日。アデルは陽気だ。冬の誇らしい太陽に元気づけられ、車の中で会話さえ始める。

昼食の時間に着いた。パリからやってきた人々が暖房の置かれたテラス席を占拠していたが、気の回るリシャールは事前に席を予約してあった。ロバンソン医師は何ひとつ偶然に任せることはない。メニューを開く必要もない、食べたいものはわかっている。白ワイン、牡蠣（かき）、バイ貝。そして、ヒラメのムニエールを三つ。

「毎週でも来たいね！　リュシアンには大自然、ぼくらにはふたりだけのディナー、最高だと思わないか？　ああ、本当に気分がいいよ。一週間、病院で働きづめだったから……あ、まだ話していなかったけど、部長のジャン・ピエールが患者のムニエ氏の症例について発表しないかって。もちろん、やるって答えたよ。やるべきだと思う。いずれにしても病院はまもなく過去のことになる。チビちゃんにもきみにもほとんど会えていない気がしてるんだ。リジューのクリニックがまた連絡してきたよ、ぼくからのゴーサインを待っているんだ。ヴィムティエの家のアポも取っておいた。今度のクリスマス休暇で両親の家にいるあいだに見に行こう。母さんは見に行ったんだけど、完璧だって言ってたよ」

アデルは飲みすぎてしまった。瞼（まぶた）が重い。リシャールに微笑みかける。彼の言葉を遮って話題を変えたい気持ちを抑えるために、頬の内側を噛む。退屈したリュシアンがバタバタし始める。椅子の上でからだを揺らし、ナイフを摑んだ手をリシャールがほどくと、自分でキャップを外した塩入れをテーブルの反対側に向かって投げる。「リュシアン、やめなさい！」アデルが厳しい声で言う。

子どもは皿に手を沈め、指でニンジンをつぶす。彼は笑っている。

アデルは息子の指を拭う。「お会計を頼んで。もうこの子、じっとしていられないわよ」

リシャールは自分のグラスにワインを注ぐ。

「家のこと、どう思っているか何も言わないね？　ぼくはもう一年、病院を続けるつもりはないよ。パリは向いてない。きみだってそうだろう、新聞社は死ぬほど退屈だって言ってるじゃないか」

アデルは、ミント水を口いっぱいに含んではテーブルの上に吐きだしているリュシアンから目が離せない。

「リシャール、なんとか言ってよ！」アデルが声を荒らげる。

「どうしたんだ？　気でもおかしくなったのか？　みんなが見てるぞ」リシャールは彼女を呆然と見ている。

「ごめんなさい。疲れているの」

「単純に楽しい時間を過ごすことさえできないのか？　きみはなんだって台無しにしてくれるね」

「ごめんなさい」アデルは繰り返し謝り、ペーパーナプキンでテーブルを拭い始める。

「この子は退屈しているのよ。からだを動かしてエネルギーを使う必要がある、それだけのことよ。弟か妹か、そして遊びまわれる大きな庭が必要ね」

リシャールは穏やかな笑みを見せる。

「パンフレットはどう思った？　あの家が気に入っただろう？　あの広告を見たとたんにきみのことが頭に浮かんだ。生活を変えたいんだ。サイコー！と思えるような暮らしがしたいんだよ、わかるだろう？」

リシャールは息子を膝に乗せて髪を撫でる。リュシアンは父親に似ている。ブロンドの細い髪、カリソン（南フランス、プロヴァンス地方の菱形の焼き菓子）の形をした唇。ふたりでよく笑う。リシャールは息子に夢中だ。時折、アデルはこのふたりに自分は本当に必要なのだろうかと考える。父と息子だけで暮らす方が幸せなのではないかと。

彼女は目の前の夫と息子を見ながら、今となっては自分の人生はずっとこのまま変わらないのだと理解する。子どもたちの面倒をみて、食べるものに気をつける。子どもたちの気に入るような場所でバカンスを過ごし、週末ごとに子どもたちに気晴らしをさせるために出かける。世界中の余裕のある家庭と同様に、子どもたちをギター教室に通わせ、劇場に連れていき、学校へ送り迎えをし、子どもたちを「上へ、上へ」と向かわせるためならなんでもする。アデルは自分の子どもたちにはそんな親になってほしくない。

彼らはホテルに到着して船のキャビンに似た狭い部屋に落ちつく。アデルはこの場所が好きではない。壁が自分に近づいてきて、寝ているあいだにじわじわと押しつぶされそうな気がするからだ。それでも寝たい。せっかくの美しい午後の日差しを鎧戸（よろいど）で遮り、昼寝をさせるためにリュシアンをベッドに寝かせ、自分も横になる。目を閉じるが早いか、自分を呼ぶ声が聞こえてくる。アデルは動かない。自分の方が息子より辛抱強い。彼はそのうち諦めるだろう。しかし息子は足でドアを蹴ってバスルームに入っていったようだ。蛇口を開く音がする。「外に遊びに連れていってくれよ。たった一日しかないんだ、かわいそうだよ。ぼくは二日間の当直を終えたところなんだから」

アデルは起きだし、リュシアンに服を着せて海岸沿いの小さな遊び場に連れていく。リュシアンはカラフルな遊具に上ったり下りたりする。滑り台で飽きることなく滑る。アデルは、子どもたちが押し合いへし合いしている高い所からリュシアンが落ちてしまわないかと気が気でなく、いつでも息子を捕まえられるように滑り台の周りをぐるぐる回っている。

「リュシアン、もう帰ろうか?」

「やだ、まだ帰らない」息子は逆らう。

遊び場は本当に小さい。リュシアンが他の子のおもちゃの車を奪うと、取られた男の子が泣きだす。「おもちゃを返しなさい。さあ、いらっしゃい、パパのいるホテルに帰ろうね」息子の腕をとってアデルは懇願する。「いやだ!」息子は叫んでブランコに向かって勢いよく駆けだし、危うく顎をぶつけそうになる。アデルは一瞬ベンチに座るがすぐに立ちあがる。「ねえ、もっと海の近くに行かない?」彼女は提案してみる。砂浜なら息子は怪我しない。

アデルは冷たい砂の上に腰を下ろす。両足のあいだにリュシアンを座らせ、穴を掘り始める。「深く深く掘ったら、お水が出てくるよ」

「お水、お水！」興奮しているリュシアンは数分もすると母親の腕から逃れ、引き潮が残していく大きな水たまりに向かって走りだす。リュシアンは砂に飛びこみ、立ちあがっては泥に突進する。「リュシアン、戻ってきなさい！」アデルは甲高い声を出す。母親を振り返り、にっこり笑う。水たまりに座りこみ、両腕を水に潜らせる。アデルは立ちあがらない。怒りがこみ上げてくる。このまま放っておけば、十二月だというのに息子はびしょ濡れになる。風邪をひいたら、今以上に世話が焼けるのだ。愚かで、軽率で、身勝手な子どもを彼女は恨む。アデルは、力ずくでも息子をホテルに連れて帰り、リシャールにお風呂に入れてもらおうかと考えている。しかし彼女は動かない。息子を抱きかかえたくない。今では体重も増え、いやいやをしながら筋肉のついた足で乱暴に蹴ってくる息子を抱っこなどしたくない。「リュシアン、戻ってきなさい、今すぐ！」アデルは、どなった。年老いた女性がふたりの様子を呆然と見ている。

　季節外れのショートパンツをはいたブロンドの女性が、髪を振り乱しながらリュシアンの手をとって母親のところに連れてくる。ぽっちゃりした膝までジーンズをたくしあげて、リュシアンは照れ笑いをしている。アデルは、女性が強い英語訛(なま)りで話しかけても腰を上げない。

「この子は多分、泳ぎたいのだと思いますよ」

「ありがとうございます」アデルは侮辱されたと感じ、イライラしている。砂の上に寝転んでコートをまくりあげて顔を隠し、勝負を投げだしてしまいたい。からだをぶるぶる震わせ、にこにこしながら母親を見ている子どもを叱りつける気力さえない。

リュシアンは、彼女が思うように対処することのできない重荷、束縛だ。息子を預けなければならないときに感じるパニック、着替えをさせるときの苛立ち、頑として動こうとしないベビーカーを押して坂を上がるときの疲弊感。混乱するこうした感情のどこに息子への愛情が隠れているのかアデルにはわからない。愛はある、それは間違いない。荒削りの愛、日常の犠牲者的な愛。余裕のない愛。

アデルは結婚したのと同じ理由から子どもを産んだ。世の中に属し、他の人たちとの全ての違いから身を守るために。妻となり、母親となることで、誰にも奪うことのできない体面というオーラを身にまとったのだ。不安に満ちた夜から逃れるための避難所を作り、放蕩（ほうとう）の日々から逃れるための快適な心の置き所を作ったのだ。

アデルは妊娠している状態が好きだった。

不眠、脚のだるさ、背中の痛み、歯茎の出血を除いては完璧な妊娠期間だった。タバコを吸うのをやめ、一ヶ月に一杯以上のワインを飲むこともなく、健康的な生活に満たされていた。生まれて初めて自分は幸せだと感じていた。突きでたお腹は彼女の体型に優雅な曲線を与えていた。肌は光り輝き、髪は伸ばして片側で結んでいた。

妊娠三十七週目のこと、横向きになって寝るのがとても辛くなっていた。その晩、アデルはリシャールに一人で出かけるよう言った。「お酒も飲めないし、暑いし。パーティに行っても何をしていいかわからないわ。あなたは楽しんできて。わたしのことは心配しないで」

彼女は仰向けになった。鎧戸は開いたままで、通りを大勢の人が歩いているのが見えた。無理に寝ようとすることに疲れて起きあがった。バスルームで冷たい水を顔に浴びて自分の姿にしばし見入った。お腹に視線を落とし、再び顔を見た。「いつか元の姿に戻れる日が来るのだろうか？」自分の変貌に激しい衝撃を受けていた。それが喜びなのか、ノスタルジーを含んだ感情なのか、自分でもわからなかった。それでも自分の中で何かが死んだことはわかっていた。

子どもが癒してくれるだろうと自分に言い続けた。母になることは、自分自身に対する居心地の悪さを払拭できる唯一の解決策と信じていた。この現実逃避をきっぱりと断ち切ってくれるただ一つの打開策だと。必要不可欠な治療法を受け入れた患者のように、アデルはその考えにしがみついていた。彼女がこの子をつくった、あるいはむしろ、ありえないようなことだけれど、この子が自分なら彼女を快方に向かわせられるだろうと望んで、彼女に抵抗されることなくお腹に自分をつくっていったのかもしれない。

妊娠テストをする必要はなかった。すぐに気づいたが誰にも言わなかった。彼女は自分のお腹で起きている神秘に嫉妬した。お腹は大きくなっていったが、子どもが生まれてくることをどこかで否定し続けていた。周りの人たちが手でお腹の丸みを描いてみせたり、ありきたりの反応や振る舞いをすることで全てを台無しにされるのがいやだった。アデルは孤独を感じていた。ことさら男たちの不在に対して。とはいえ、この孤独は彼女には重荷ではなかった。

リュシアンが生まれた。アデルはすぐにタバコを吸い始めた。即座にアルコールも解禁にした。子どもがいることで彼女は怠けていられなくなり、人生が始まって以来初めて、自分以外の誰かの面倒をみることを強いられていると感じた。彼女はこの子どもが好きだった。この乳飲み子に激しいほどの愛情を捧げたが、それでも不十分だった。家で過ごす時間は永遠とも思えるほど長く感じられた。時折、アデルは泣いている赤ん坊を寝室に置き去りにしたまま、自分は耳に枕を押しあててなんとか眠ろうと努力をした。食べ物の染みのついたベビーチェアに座って悲しそうな顔で食べたがらない子どもを前に、アデルはしゃくり上げるようにして泣いた。

お風呂に入れる前の裸の赤ん坊を腕に強く抱きしめるのが好きだった。優しく揺すり、眠りに落ちていく様子を見ているのが好きだった。その優しさに酔いしれた。ベビーベッドを離れて幼児用のベッドに移ると、アデルはリュシアンと一緒に寝るようになった。夫婦の寝室から忍び足で抜けだし、むにゃむにゃ言いながら迎えてくれる子どものベッドに滑りこんだ。息子の髪に、首に、手のひらに自分の鼻を押しつけ、すえたような匂いを吸いこんだ。彼女はそれで自分が満たされることを期待していた。

　妊娠は彼女を痛めつけた。醜く、だらしなくなり、老けてしまったと感じていた。髪を短く切ったが、それ以来、シワに顔を蝕まれていると思った。とはいえ、アデルは三十五歳でも美しくあり続けていた。年齢はむしろ彼女を強くし、抜け目のない、堂々とした女性にしていた。顔つきがキリッとして、薄いブルーの目には力が宿った。前よりヒステリックでなくなり、ボルテージが上がることもなくなった。何年もタバコを吸い続けていたせいで、父親がよくからかっていた彼女の金切り声は低くなっていた。肌は目が覚めるように白く、頬に浮きあがる曲がりくねった血管を、トレーシングペーパーに描き写せるのではないかと思うほどだった。

ふたりは子どもの寝室を出る。リシャールがアデルの腕を引く。扉の前でしばらくじっとしたまま、戻ってきてと懇願するリュシアンのうなり声に耳を澄ます。重い心を抱えて、リシャールが予約をしておいたレストランに向かって歩く。アデルはきれいに身支度したかったが、諦めた。浜辺から戻ってきたとき、寒気を感じた。着ていた服を脱いで外出用に持ってきたワンピースに着替え、ヒールの靴を履く元気はなかった。いずれにしても、ふたりだけだ。

通りを足早に並んで歩く。彼らは触れ合わない。ほんのたまにしかキスもしない。ふたりのからだはもはやお互いに何も感じさせない。惹かれ合う、優しくし合うということがなく、ある意味ではこうした肉体的な結託の欠如がふたりを安心させている。まるで彼らを結びつけているのは、からだの関係を超えたものであると証明しているかのように。他のカップルが叫んだり涙を流したりしながら諦めることを、彼らは早々に葬り去ってしまったかのように。

アデルは夫といつ最後にセックスしたかを覚えていない。夏の午後だったことは間違いない。ふたりは放棄されて久しい時間に慣れっこになっていた。いい夢をみるようにと祈り合い、背中を向けて寝る習慣がついていた。しかし時間が経つうちに、とげとげしさを含んだ困惑した空気がふたりのあいだに漂い始める。アデルはそうなると、このサイクルを破り、夫としないで済む日々が来るように、そのためだけに、夫とからだを合わせなければという奇妙な義務感を覚えるのだ。彼女はここ数日、同意を強いられている犠牲者のようにそのことを考えていた。

今夜、条件はそろっている。リシャールはねっとりして、少し恥じ入るような目つきをしている。動作がぎこちない。アデルの美しさを口にする。彼女は美味しいワインを注文しましょうと言う。

リシャールはレストランに着くなり、昼食の際に中断された話題を口にする。一口食べ終えるたび、九年前に結婚したときに交わした約束をアデルに思いださせようとする。若さとお金が許す限りパリでの都会生活を楽しむ、そして、子どもが生まれたら田舎に引っ越すという約束。リュシアンが生まれたとき、リシャールはアデルに猶予を与えた。彼女は、「二年後に」と言った。その二年はとっくに過ぎていた。今度こそ彼は譲ろうとしない。新聞社を辞めたいとアデルは何度も繰り返していた。書くことに、あるいは家族に、何か他のことに没頭したいと言っていなかったか？　メトロ、渋滞、生活費のかさむ日常、時間に追われる仕事に疲れているという点で一致していなかったか？　黙ったまま料理にほとんど手をつけようとせず、無関心なアデルを前にしても、リシャールはくじけない。彼は最後の切り札を出す。

「二人目の子どもがほしい。女の子ができたら最高だな」

　アルコールに食欲をそがれたアデルは吐き気を催している。お腹がいっぱいで今にもあふれだしそうだ。らくになれる方法があるとすれば、それはただ一つ、横になること、何もせず、ひたすら睡魔に身を任せることだ。

「もしよかったらこれも食べてくれない？　わたしはもう限界」

　アデルは自分の皿をリシャールの方に押しやる。

　彼はコーヒーを注文する。「もう何もいらないんだよね？」リシャールは店の主人がサービスしたいと言ってきかないアルマニャックも受け入れ、子どもの話を続ける。アデルは怒りがこみ上げてくる。夜は永遠に終わらないような気がする。せめて話題を変えてくれたら。

　ホテルへの帰り道、リシャールは少し酔っている。通りで突然走りだしてアデルを笑わせる。抜き足差し足で寝室に入る。リシャールがベビーシッターにお金を払う。アデルはベッドに腰かけ、ゆるゆると靴を脱ぐ。

彼にはできるわけがない。

とはいえ、する。

彼は手順を狂わせることはない。いつも同じ。

背後からやってくる。

首にキス。

腰にはいつもの手。

そしていつもの囁き、哀願するような微笑みを伴ったうめき声。

彼女が振り返り口を開くと夫が舌を押しこんでくる。

前戯はなし。

早く終えよう。ベッドの自分の側で自ら服を脱ぎながら思う。

再びお互いに向き合う。まるで本当に求め合っているようにキスをし続ける。手を腰に、性器にあてる。彼が入ってくる。彼女は目を閉じる。

彼女はリシャールの好みを知らない。彼がしてほしいこと、気持ちよくなることを。考えたことさえ一度もない。彼らの交わりには巧妙さや繊細さというものがない。月日は経ってもふたりのあいだに結託は育まれなかった。恥じらいをかなぐり捨てるようなこともなかった。動きは正確で機械的だ。目的に向かってまっしぐら。彼女は時間を長引かせようとはしない。彼女の方からこうしてほしいとお願いすることもない。フラストレーションが溜まりすぎて、彼の首を絞めてしまうかもしれない。

彼女は音を立てない。リュシアンを起こして、このグロテスクな様子を見せてしまうようなことがあってはならない。アデルはリシャールの耳に口を押しあて、本当らしく見せるために少し呻いてみる。

そして終わり。

彼はさっさと寝る準備をする。すぐさま正気を取り戻す。テレビをつける。

妻を孤独に追いやったと気づいたことは一度もない。彼女は何も感じなかった、何も。

ただ、吸いつく音と、肌が触れ合う音、性器が交差する音を聞いただけ。

そして、深い静寂。

アデルの友達はみな美しい。彼女は賢明にも自分より見劣りする子たちに囲まれないようにしている。注目されるかもしれないと心配していたくないのだ。ロレンヌとはアフリカへの初めての取材旅行で出会った。アデルは新聞社に入社したばかりで、大臣の公式な外国訪問に同行するのは初めてだった。緊張していた。フランス共和国の公用機が待機するヴィラクブレの滑走路で、すぐにロレンヌに目を留めた。百八十センチの長身、白い髪はふんわりと波打ち、顔はエジプト猫のようだった。ロレンヌはすでに場数を踏んでいる有能なカメラマンで、アフリカ大陸のほとんどの都市を制覇している専門家だった。パリのスタジオに一人で暮らしていた。

機内には七人いた。たいした権力はなかったものの、態度の豹変を繰り返し、汚職や女性関係で騒がれるだけでも重要人物となるのに十分だった大臣。酒好きで、暇さえあれば卑猥な小話をしようとする陽気な参事官。控えめなボディガード。金髪で無駄口の多すぎる報道官の女。痩せて醜く、ヘビースモーカーで厳格なジャーナリスト。彼は新聞でいくつかの賞をもらい、定期的に一面に記事を書いていた。

　バマコでの初めての夜、アデルはボディガードと寝た。アデルの欲望に酔いしれ興奮した彼は、ホテルのディスコで上半身裸になり、銃をベルトに付けたまま踊った。ダカールに移動した二日目の夜は、フランス大使の参事官にフェラチオした。おめでたいフランス人外交官たちがプティフールをつまみながら大臣との接触を図る退屈なカクテルパーティからこっそり抜けだし、ふたりでトイレに入ったのだった。

　三日目の夜、プライアの海岸沿いのホテルで、アデルはカイピリーニャを注文し、大臣と冗談を言い始めた。真夜中のお風呂はいかがですかとアデルが大臣に提案しようとしたそのとき、ロレンヌが隣に座って言った。「明日、写真を撮りに行くのに付き合わない？　記事を書くのに役立つと思うけど。もう書き始めたの？　どの視点から書くつもり？」部屋に写真を見に来ないかと誘われたとき、アデルは彼女と寝ることになると思った。男役はやりたくない、性器は舐めない、されるがままになっていようと心の中でつぶやいた。

　乳房。胸には触ってみたかった。やわらかくてふんわりとしている彼女の胸は気持ちよさそうだった。その優しさを味わうことにためらいはなかった。しかしロレンヌは服を脱がなかった。写真も見せてくれなかった。ただベッドに横たわり、話をしてくれた。ロレンヌは横に寝ているアデルの髪を撫でた。友達になりつつある人の肩に頭を乗せて、アデルは疲弊しきって抜け殻になったように感じた。眠りに落ちる瞬間、アデルはロレンヌのおかげで災難から逃れられたのだと直感した。そしてアデルはロレンヌに心から感謝した。

今夜、アデルはボーマルシェ大通りの、ロレンヌの写真が展示されているギャラリーの前で待っている。彼女には、「あなたがいなければ中には入っていかない」と前もって伝えてあった。

アデルは無理をしてやってきた。家にいたかったけれど行かないと恨まれるとわかっていた。ふたりは何週間も会っていなかった。アデルはぎりぎりの時間にディナーをキャンセルし、なんだかんだ言い訳を見つけては飲みに行く約束も破っていた。何度となくロレンヌに口裏合わせを頼んでかばってもらっていただけに、罪の意識を感じていた。「もしリシャールが電話をかけてきても絶対に出ないで。あなたと一緒だと思っているから」と真夜中にロレンヌにメッセージを送っていたのだ。ロレンヌから文句を言われたことはないが、彼女がこの役目に苛立ち始めているとアデルはわかっていた。

実際のところアデルは彼女を避けている。前回ふたりが会ったのはロレンヌの誕生日だった。アデルはきちんとしていよう、気前の良い完璧な友達でいようと心に決めていた。パーティの準備の手伝いをし、音楽を選び、ロレンヌが大好きなシャンパーニュを数本買った。深夜〇時になるとリシャールは、「ベビーシッターを解放するためにはどちらかが家に帰らないと」と言ってロレンヌの家を後にした。

　アデルは退屈していた。部屋から部屋へ移動し、誰かと言葉を交わしても話が終わらないうちに相手を置き去りにし、どんなことにも集中できなかった。アデルはエレガントなスーツ姿の男性と談笑を始め、キラキラ輝く目で見つめながら、ワインを注いでと頼んだ。男性は躊躇（ちゅうちょ）した。神経質に周りを見回した。アデルがその困惑の意味を理解できずにいると、男性の妻がなりふりかまわず怒りながらやってきた。そして、「何してるの！　ちょっと、落ちついてよ。彼は結婚してるのよ」と言ってアデルを攻撃した。アデルはばかにするようにぷっと笑い、言い返した。「わたしも結婚してるわよ。心配する必要は全くないでしょ」冷たく言い放ち、からだを震わせながらその場から立ち去った。つんけんしたこの女のせいで動揺しながらも、アデルは笑みを作って混乱を隠そうとした。

　アデルはマチューがタバコを吸っているバルコニーに避難した。ロレンヌが恋焦がれているマチューは、十年も前から彼女に虚しい希望を抱かせ、ロレンヌはいつかはマチューと結婚して子どもを持てると信じている。アデルが先ほどの嫉妬深い女の話をすると、きみには用心しなきゃいけない気持ちがわかると言った。ふたりの視線は離れなくなった。深夜二時。マチューはアデルに手を貸してコートを着せた。彼がアデルに車で送っていこうかと提案すると、ロレンヌは少しがっかりした様子で、「確かにあなたたちはご近所だものね」と言った。

走りだすとまもなくしてマチューはモンパルナス大通りの裏通りに車を停め、彼女の服を脱がせた。「ずっと前からこうしたかったんだ」マチューはアデルの腰を摑むと、彼女の性器に唇を押しつけた。

翌日、ロレンヌが彼女に電話をしてきた。マチューが自分のことを話していたか、なぜ泊まっていかなかったか、何か言っていなかったかと訊いた。アデルは答えた。「あなたの話で持ちきりだった。頭から離れないって。そんなことあなたが一番よくわかってるでしょ」

ダウンジャケット、グレーの縁なし帽、うつむいた顔、孫がいると思われる女性たちの手にぶらさがって揺れるプレゼントの箱が、サン・セバスチャン・フロワサール駅の出口から吐きだされる。木々の枝にしがみつくような小さくて丸いヤドリギたちは、寒さに凍えているように見える。ロレンヌが手を振る。白いカシミアの、ふんわりとして暖かそうなロングコートを着ている。「こっちよ、あなたに紹介したい人がたくさんいるの」アデルの腕をとって連れていく。

ギャラリーには隣り合う小さな二つの部屋がある。その部屋と部屋の真ん中に、プラスチックのコップ、紙皿に盛られたポテトチップスやピーナッツが並べられた即席のビュッフェがしつらえてある。展示のテーマはアフリカ。ぎゅうぎゅう詰めの列車、埃(ほこり)にまみれた愉快な子どもたち、威厳に満ちた老人たちでむせ返る街。こうした写真の前を、アデルはほとんど足を止めることなく通り過ぎる。アビジャンやリーブルヴィルで撮影されたロレンヌの写真が好きだ。腕を絡ませ、汗をかいて、ダンスとバナナビールに酔っている恋人たちの写真。長い髪を三つ編みにした挑発的な女の子たちに腕をとられている、カーキや淡い黄色の半袖シャツを着た男たち。

　ロレンヌはせわしなく動き回っている。アデルは二杯目のシャンパーニュを飲む。落ちつかない。ひとりぼっちの自分をみんなが見ているような気がする。ポケットから携帯を取りだし、メッセージを送るふりをする。ロレンヌに呼ばれると、頭を横に振って、手袋をはめた指に挟んだタバコを見せる。仕事は何をしているのかと訊いてくる人たちに答えたくない。一文無しのアーティスト、わざと貧乏くさい格好をしたジャーナリスト、ありとあらゆる話題に持論を振りかざすブロガーたちのことを考えただけでうんざりする。会話をするなんて耐えられない。ただここにいて、夜をかすめて、平凡さにまみれ、そして帰宅するなんて耐えられない。

　外に出ると湿り気を含んで凍りつくような風が頬を刺す。そのせいだろう、歩道に出てタバコを吸っているのは彼女の他に一人だけ。タバコを吸っている男は小柄だが肩幅はしっかりしている。灰色の小さな目がアデルに注がれる。アデルはうつむくことなく、自信のある目で彼を見返す。アデルはシャンパーニュを少し飲んで舌を潤す。ふたりは飲み、話をする。月並みな話題、暗黙の了解のこもった笑み、遠回しだがわかりやすい表現。もっとも美しい会話。彼が褒めると、彼女は優しい笑みで応える。男は名前を尋ねるが、彼女は答えない。ありきたりな甘い男女のお芝居は、彼女に生きる欲望を与える。

ふたりの口にする全ては、たった一つのことに向けられている。そこに行き着くこと。そこ、つまりアデルが緑色の大きなゴミ箱に背をもたせかけている路地で、ふたりがすること。男が彼女のストッキングを裂いた。彼女は小さな叫び声をあげ、頭を反り返らせる。男は親指をクリトリスの上において、指を彼女の中に押し入れる。通行人と視線を合わせないように彼女は目を閉じる。繊細でやわらかい男の拳を摑み、より強く押しつける。男は呻き始め、十二月の木曜日の夜、見知らぬ女からの予期せぬ欲望に身を任せる。熱くなり、もうがまんできない。アデルの首を摑んで自分の方に引き寄せ、ベルトに手をやってファスナーを下ろし始める。髪は乱れ、先ほどギャラリーで見た写真に写っていた人々のように飢えで目が見開いている。

アデルは後ずさりをしてスカートのシワを伸ばす。男は手で髪をさっと整え、正気に戻る。近くに住んでいる、本当に近く、「リヴォリ通りからすぐのところ」と言う。彼女は行けない。「これだけでもすごくよかったわ」

　アデルはギャラリーに戻る。ロレンヌがもう帰ってしまったのではないかと心配だ。一人で帰るのが怖い。白いコートが目に入る。

「あ、いたのね」

「ロレンヌ、うちまで送って。あなたは一人で夜道を歩けるけれど、わたしは怖いの。あなたは怖いものなしだもの」

「さあ、行こう。タバコちょうだい」

　ふたりはからだを寄せ合ってボーマルシェ大通りを歩く。

「どうして彼についていかなかったの？」

「うちに帰らなきゃ。リシャールが待ってるの、早く帰るって言ったのよ。あ、この道は通りたくない」レピュブリック広場にさしかかろうとしたとき、アデルが突然言った。

「茂みにネズミがいるの。子犬みたいに大きなのが。ほんとなんだから」

　ふたりはグラン・ブールヴァールを進んでいく。周囲はますます暗くなり、アデルは心細くなってくる。アルコールのせいで妄想が膨らむ。男たちがこぞって彼女たちふたりを見ている。ケバブを売るスタンドの前にいた三人連れの男に「よう、元気？」と声を掛けられビクッとする。クラブやアイルランドバーから足をふらつかせ、ゲラゲラ笑いながら、挑発的な男たちの群れが出てくる。アデルは怖い。リシャールとベッドにいたい。ドアも窓という窓も全て閉めて。リシャールはこんなことは許さない。彼女を痛い目に遭わせるようなことはしない。守ってくれるはずだ。アデルはロレンヌの腕を引っ張って歩くスピードを上げる。できるだけ早くリシャールの枕もとへ、穏やかなまなざしのもとへ。明日はディナーをこしらえよう、家を片づけよう、花を買って飾ろう。夫と一緒にワインを飲んで、どんなふうに一日を過ごしたか話そう。週末の相談をしよう。穏やかに、優しく、彼の言うことに従っていよう。どんなことにもイエスと言おう。

「どうしてリシャールと結婚したの？」アデルの心のうちを見透かしたようにロレンヌが訊く。「彼に恋をしていたの？　そう信じていたの？　わたしにはあなたのような女性がどうしてこんなことになっちゃっているのかまるでわからないのよ。こんな嘘をつくことなく自由でいられたじゃない、思うように生きられたはずじゃない。なんだか……常軌を逸している感じがするわ」

　アデルは驚いてロレンヌを見た。友人の言ったことの意味がわからない。

「彼に望まれたから結婚したのよ。一番に結婚したいと言ってくれた人だったし、あの頃は彼だけだった。彼はわたしにたくさん贈り物をしてくれた。母も大満足だった。だって、医者よ」

「真剣に言ってる？」

「どうしてわたしが一人でいた方がいいのかわからないわ」

「自立していること、それは一人でいるってことではないわよ」

「あなたみたいにってこと？」

「アデル、ここ数週間一度もあなたに会わなかった。今夜だってわたしと五分も一緒にいなかったわよ。わたしはアリバイの証人でしかない。あなたのしてることはめちゃくちゃだわ」

「アリバイなんて必要ない……。もしあなたがもう助けてくれないなら、別の方法を見つけるわ」

「こんなこと続けていられないわよ。いつか大変なことになるから。それに、リシャールがかわいそう。嘘をつきながら彼の目を見ることにもう耐えられないわ」

「タクシー！」アデルは慌てて車道に飛びだし、タクシーを停める。「一緒に歩いてくれてありがとう。また電話する」


アデルは建物のエントランスに入る。階段に腰を下ろし、バッグから新しいストッキングを取りだしてはく。子ども用の小さな汗拭きタオルで顔、首、手を拭く。髪を整え、階段をのぼる。

居間は闇に包まれている。自分を待っていなかったリシャールをありがたく思う。コートを脱ぎ、寝室の扉を開ける。「アデル？」「そうよ、寝ていてね」リシャールは寝返りを打って手探りをして彼女に触れようとする。「今、行くわ」

リシャールは鎧戸を閉めていなかった。アデルがベッドに滑りこむと、夫の安心しきった表情が見て取れた。妻を信じているのだ。それは単純であると同時に冷酷なことでもある。もし目覚めたら、今夜起きたことの痕跡を妻のどこかしらに見つけるだろうか？　もし目を開けたら、もし近づいたら、不審なにおいに気づくだろうか？　妻の抱く罪悪感を察知するだろうか？　アデルは彼女を悩ませ、過ちを重くし、さらなる自己嫌悪に陥らせる彼のお人好しを恨んでいる。なめらかでやわらかな肌に爪を立て、ベッドマットに裂け目を入れてやりたくなる。

それでも夫を愛している。この世に彼しかいない。

アデルにはこれが最後のチャンスだったとわかっている。金輪際、決して繰り返してはならない。これからはこのベッドで、穏やかな気持ちで寝る。これからは彼がどんなに彼女を見ようと、見るに値するものなどなにもなくなるのだから。

アデルはよく寝た。羽根布団を顎まで引き寄せて、リシャールに海の夢をみたと話す。子どもの頃に見慣れた、青緑色の寂れた海ではなくて、珊瑚礁と岩に囲まれた湾、パラソル代わりになる松の木の並ぶ、本当の海。彼女は焼けつくような硬い何かの上に寝そべっていた。おそらく岩の上だろう。他には誰もいなかったけれど、注意しながらおずおずとブラジャーを外した。薄眼を開けて沖の方を向いた。幾千もの星のきらめきのように海面に反射する陽光がまぶしくて、目を大きく開けていることができなかった。「そして夢の中で自分に言ったの。この日のことを覚えておくのよって。あなたはどれだけ幸せだったかということを」

フローリングの床を歩く息子の足音がする。寝室の扉がそろりと開かれ、丸くて少しむくんだリュシアンの顔が現れる。「ママ」目をこすりながら口ごもる。普段は撫でられることをいやがり、乱暴に振る舞うのに、ベッドに入ってきてアデルの肩に頭を乗せる。「大好きなチビちゃん、よく眠れた？」アデルは細心の注意を払いながら優しく訊く。まるでちょっとしたぎこちない言動で今のこの幸せな時間を台無しにしてしまうのではないかと恐れるように。「うん、よくねんねした」

彼女はベッドから出て、子どもを腕に抱いてキッチンに向かう。心が昂っている。まだ仮面を外されていない偽善者が興奮するように。愛されていることへの感謝の念でいっぱいで、全てを失ってしまうのではという考えに恐れおののいて。今は、廊下の奥から聞こえてくるシェーバーの音以上に貴重なものはないと思える。息子の腕の中にある朝を、息子から求められているこの優しさ、他の誰も得ることのできないこの愛を、危険に陥れるに値するものは何ひとつない。彼女はクレープを用意する。真ん中に黄色い染みがついているというのに一週間前から放っておいたテーブルクロスを素早く替える。リシャールのためにコーヒーを淹れ、リュシアンの横に座る。アデルは息子がクレープにかぶりつき、ジャムのついた指をしゃぶるのを見ている。

夫がバスルームから出てくるのを待つあいだに、一枚の紙を広げ、リストを書き始める。すべきこと、というよりむしろ、すべきだったことを書きとめるために。考えははっきりしている。日常を一新すること、不安をひとつひとつ取り払っていくこと。義務を遂行すること。

新聞社のオープンスペースに着くと、がらんとしている。クレマンスしかいない。いずれにしても彼女はまるでここで暮らしているような印象を受ける。そもそも毎日同じ服を着ている。アデルはコーヒーを淹れて、机の上を片づける。プリントアウトした書類の束、すでに終了したイベントの招待状を一気に捨てる。おもしろそうに思えた記事を緑と青の書類袋に入れるが、読み直すことはまずないだろう。冴えた頭と穏やかな心で仕事に取りかかる。取材の電話をする嫌悪感に打ち勝つために、「一、二、三」と数えて、番号を押し始める。「またあとでかけ直してください」「ああ、そういうことはメールで依頼してくださいよ」「なんだって？　どこの新聞社？　いや、何にも言うことはないね」彼女は障害にぶちあたるが果敢に立ち向かう。毎回、戦闘態勢に戻って、質問を投げかけては返答を拒否される。執拗に続ける。筆が止まってしまったら、中庭に続く長い廊下を歩く。メモを手に、タバコを吸い、見出しと結びを声に出して繰り返す。

　十六時、記事を書き終えた。タバコを吸いすぎた。彼女は満足はしていない。編集部が騒然としている。シリルは落ちつかない。「これまでチュニジアでこんなことが起きたことはなかった。言っただろう、これからもっと退廃していく、ひどいことになりそうだな」アデルが編集長に記事を渡そうとしたとき、携帯電話が振動し始めた。白い電話。バッグの底から取りだし、そして開く。

「アデル、きみのことが頭から離れない。あの魔法のような夜のことが。また会いたい。

来週はパリにいる、飲みに行くか食事をしよう。これで終わりになんかできない。ニコラ」

彼女はすぐさまメッセージを消去する。怒りがこみ上げる。この男とは一ヶ月前にマドリッドのシンポジウムで会った。誰一人、仕事をする気がなかった。ジャーナリストたちは無料のアルコールと、どこかのシンクタンクから出ている謎の資金で借りられた豪華なホテルの部屋を楽しむことしか頭になかった。アデルは早朝の三時頃、ニコラについて彼の部屋に行った。わし鼻で美しい髪の男だった。ばかみたいなセックスをした。彼はずっと彼女の肌をつまんだり嚙んだりしていた。アデルはコンドームをつけてと頼まなかった。酔っていた、それは確かだが、それにしても、コンドームなしでアナルセックスをさせたのだ。

翌朝、ホテルのホールでアデルは冷たい態度をとった。空港へ向かう車の中でも一言も言葉を交わさなかった。彼は啞然（あぜん）としていた。彼女の機嫌を損ねた理由が理解できないようだった。

アデルはその男に電話番号を渡した。また会いたいと思う相手にだけ教える「白い電話」の番号を、なぜかわからないまま彼に渡したのだ。突然、住んでいる地区まで話したことを思いだした。彼ははっきりと「ぼくも十八区は大好きだ」と言ったのだった。

アデルはこのディナーに行きたくない。何を着るかがなかなか決まらないのは、思わしくないソワレになる予兆だ。髪には艶がなく、肌はいつにも増して青ざめている。バスルームに閉じこもっている彼女は、扉の向こう側にいるリシャールから急ぐように言われるとぐずぐずと答える。リシャールがベビーシッターと話しているのが聞こえる。リュシアンはもう寝ている。

アデルは結局、黒い服を着た。もう少し若かった頃は身につけることのなかった色。彼女の以前のワードローブは気まぐれ色であふれていた。赤から鮮やかなオレンジ、レモンイエローのスカートや強烈なブルーのハイヒール。容姿が衰え、輝きが消えてしまってからは地味な色調を好むようになっていた。グレーのカーディガンや黒いタートルネックのセーターに大ぶりのアクセサリーを足すのが彼女のスタイルだ。

今夜は男性もののパンタロンと背中にスリットの入ったセーターを選んだ。目には日本の池を思わせる緑色のシャドー、トルコ石の色をしたクレヨンでさっとアイラインを引く。赤い口紅を塗り、そして拭き取った。貪るようにキスをしたあとのように、口の周りに赤い跡が残る。扉越しにリシャールが優しい声で訊いてくる。「そろそろ出かけられそう?」ああ、女性はおしゃれに時間がかかるね、と言いたげにベビーシッターに微笑みかけているのが手に取るようにわかる。支度はできているけれど、アデルは彼に待っていてほしい。床にバスタオルを敷き、横になる。目をつむり、歌を口ずさむ。

リシャールは招待されているグザヴィエ・ランソンについてとめどなく話す。名のある研究者と医師が代々続く名家に生まれた優秀な外科医。「道徳観のある男なんだ」と確信に満ちた声で言う。アデルはそんな夫を喜ばせるために、「会うのが楽しみだわ」と返事をする。

タクシーは私道へと続く鉄の門の前で彼らを降ろす。「さすがの品格だなあ!」とリシャールは興奮している。アデルも素敵な場所だと思うが、感動しているところを見せるより息が詰まるふりを選ぶ。肩をすくめてみせる。鉄の扉を押し開け、石畳の小さな道を、三階建ての狭い邸宅の扉の前まで歩く。アール・デコの建築はそのままに、新しい住人は最上階を付け足して、さらに木の茂ったテラスを作った。

アデルははにかんだような笑みを見せる。ふたりを迎えた男性が彼女に屈みこんで頬にキスをする。背が低く、ずんぐりとした体型の彼はきつそうな白いシャツをジーンズに押しこんでいる。「はじめまして、グザヴィエです」

「ようこそ、ソフィーです」彼の妻も自己紹介する。

アデルは黙ったまま頬を近づける。

「お名前が聞き取れなかったわ」ソフィーが学校の先生のような口調で言う。

「アデルです」

「妻です。こんばんは」とリシャール。

明るい色の木の階段を上がり、濃い灰褐色のソファが二つと五十年代のデンマーク製のテーブルの置かれたサロンへと入る。全てが楕円形で入念に仕上げられた家具。今では使われていないキューバの劇場の巨大な白黒写真が奥の壁に飾ってある。棚の上には、高級ブティックに入ったときのような安らぎの香りを放つキャンドル。

リシャールはバーカウンターの後ろに腰かけている男たちに合流する。大声で陳腐なジョークを飛ばしている。そしてグザヴィエに日本のウィスキーを注いでもらうのを待ちかまえている。

「シャンパーニュはいかが?」ソフィーが彼女を取り囲んでいる女性たちに提案する。

アデルは自分のグラスを差しだす。彼女は、おしゃべり女たちの群れから逃れて男たちに合流できないかと周囲を見回す。ここにいる女たちはつまらない。男たちを感動させる喜びさえ知らないだろう。ここにいて彼女たちの話を聞いているなど退屈極まりない。

「……それでグザヴィエに言ったのよ、ねえ聞いて愛しい人（シェリ）、もう一階ほしいんだったら作るべきよ！　もちろん、工事には三ヶ月もかかったけれど、結果としてパリのど真ん中に教会のような天井のサロンができたのよ……。工事？　それは大変だったわよ！　一日じゅうやってたんだもの。わたしが外で仕事をしていなくて良かったわ。それに、本当に購入して良かった……何千ユーロものお家賃を払うなんて本当にもったいないわ。ここ？　一平米あたり一万から一万一千ユーロよ。ものすごいでしょ」

「なんですって？　チビちゃんたち？　もう寝てるわ。うちは時間には少々厳しくて、だからあなたたちが来るのを待たせられなかったの。でも、会ってほしかったわ、大きくなったのよ。マリー・ルーはバイオリンを始めて、アルセーヌは離乳食が始まったわ。ベビーシッターをしてくれる理想的な女の子を見つけたの。アフリカ人、いい子よ。フランス語も上手だし……。もちろん滞在許可証も持っている。お手伝いさんとかちょっとした工事を頼む人なら許可証がなくてもかまわないけど、子どもを預ける相手となると困るわよね。だって無責任でしょ。ただ、彼女はラマダンをするのよ、それだけはわたしの手に負えないわ。空腹を抱えて子どもの面倒をみていると思うとね……。そうよ、あなたの言う通り、無茶よね。でもね、いつか彼女が気づいて、自分からやめる日が来ると思っているの。で、アデル、あなたは何をしているの？」

「ジャーナリスト」「わあ、おもしろそうね！」ソフィーは感嘆の声をあげながら、差しだされた空のグラスにシャンパーニュを注ぐ。ソフィーは、もじもじして話せないでいる恥ずかしがり屋の少女でも見るように、微笑みながらアデルをじっと見つめる。
「さあ、ではテーブルに移動しましょうか」

アデルは自分のグラスにワインをなみなみと注ぐ。彼女を右隣に座らせたグザヴィエは両手でボトルを摑み、気がつかなかったことを詫びる。みんなリシャールのジョークに笑っている。彼女にはおもしろいと思えない。彼がなぜこうも注目を集められるかがわからない。

いずれにしても、アデルの耳にはもう彼らの声は聞こえない。神経がぴりぴりして、辛辣になっている。今夜、彼女は存在できない。誰も彼女を見ないし、彼女の声も聞かない。精神を引き裂き、瞼を燃やすフラッシュバックを追い払おうとする努力さえしない。テーブルの下で足をばたつかせる。裸になって、誰かに胸を触られたい。誰かの唇で自分の唇をふさがれたい。静かな、動物のような存在に触れたい。求められたい、それだけが望みだ。

グザヴィエが立ちあがる。アデルは廊下の奥にあるトイレまで彼のあとを追う。彼が出てくると道をふさぎ、居心地を悪くさせるほどからだを擦りつける。彼は振り返ることなくみんなが食事をしている部屋に戻っていく。彼女はトイレに入り、鏡の前に立って微笑みながら唇を動かし、自分に向かって丁寧な言葉で話しかける。唇は乾いて紫色になっている。

彼女はテーブルに戻るとグザヴィエの膝に手を置こうとするが、彼はとっさに足を引っこめる。彼が視線を合わせないようにしているのがわかる。さらに大胆になれるようにアデルはワインを飲む。

「息子さんが一人いるのよね、アデル？」ソフィーが訊く。

「ええ。一ヶ月後に三歳よ」

「素敵ね！　で、二番目のお子さんは？　いつ？」

「さあ。いないままかもしれないわ」

「ダメよ！　一人っ子なんて、寂しすぎるわ。弟でも妹でも、できたときの幸せそうな様子を見たら、わたしは子どもたちからその喜びを奪うことなんてできないわよ」

「アデルは子どもは時間がかかって大変だと思っているんだよ」リシャールが冗談めかして言う。「でも、庭付きの大きな家に引っ越したら、アデルもそれしか望まなくなるさ。子どもたちが跳ね回る姿を見たくて仕方なくなるに決まってる。そうだよね、シェリ？　来年にはリジューに引っ越す。地元のクリニックから最高の提案があって、そこで仕事をすることになっているんだ！」

アデルはもうそれしか考えられない。五分だけでいい、テーブルの会話が聞こえてくる廊下の奥でグザヴィエとふたりきりになりたい。彼のことを素敵だとも、魅力があるとも思わない。目の色が何色かも知らない。それでも彼女は、もし彼がセーターの下、そしてブラジャーに手を潜りこませてきたら、不安が鎮まると確信している。壁に押しつけられ、性器をこすりつけられ、自分が望んでいるのと同じように彼も自分を欲していると感じられたら。今ふたりにできるのはそのくらいのことだ、しかも時間がない、さっさとやらなくては。彼の性器に触れる時間はあるだろう、ひざまずいてしゃぶる時間もあるかもしれない。ふたりでくすくす笑いあって、そしてテーブルに戻る。それ以上のことはしない、それで完璧だ。

首につけているおぞましい趣味のアクセサリーを凝視しながら、ソフィーはなんて魅力のない女だろうとアデルは思う。ブルーと黄色のプラスチックのボールが絹のリボンで結んであるネックレス。つまらない女に違いない。ばかみたいなおしゃべり女。アデルは、こういった女たち、平凡な女たちはどんなセックスをするのだろうと考える。喜びを得たり、与えたりできるのだろうか。「セックスする」それとも「寝る」と言うのだろうか。

帰りのタクシーの中、リシャールはからだを強ばらせている。アデルには彼が腹を立てているのだとわかる。彼女が酔っ払い、笑いものになったことがいやなのだ。それでもリシャールは何も言わない。頭を後ろにもたせかけ、眼鏡を外して目を閉じる。

「どうしてみんなの前で田舎に引っ越すなんて言ったの？　わたしは賛成だなんて言ったことないわ、なのにあなたはもう決まったことみたいに言う」アデルがけしかける。

「きみは賛成じゃないのか？」

「賛成じゃないとも言ってないわ」

「つまり、きみは何も言わない。いずれにしても、きみって人は一切、何も言わない」彼が穏やかな口調で言う。「自分の考えを明らかにすることがない。それなら決断するぼくのことを非難しないでほしいね。それにはっきり言って、どうしてあんな態度をとる必要があるのか理解できない。酔っ払って、まるで人生について全てわかりきっているようにものを言う。きみの目には他の人は愚かな羊の群れにしか映らないか、上から目線だ。言っておくが、アデル、きみもぼくらと全く同じように普通の人間なんだ。その事実を受け入れられる日が来たら、きみはもっと幸せになれるよ」

アデルが初めてパリを訪れたとき、彼女は十歳だった。万聖節（ハロウイン）のお休みで、母親のシモーヌはオスマン大通りの小さなホテルに部屋をとっていた。最初の日から数日、シモーヌはアデルをその部屋にひとりぼっちにしておいた。いかなる理由があっても、決して扉は開けないと固く誓わせた。「ホテルというのはとっても危険なところなの。特に幼い女の子にとってはね」アデルは「それなら一人にしないで」と言いたかった。しかし彼女は何も言わなかった。

三日目、アデルはホテルの大きなベッドの分厚い羽根布団をかけて横たわり、テレビをつけた。灰色で寂れた中庭に面した小さな窓を通して日が暮れるのを見た。部屋が夜の闇に包まれても母親は帰ってこなかった。アデルはテレビの画面から次々と流れてくるコマーシャルの笑い声やテーマソングを子守唄に、なんとか眠ろうとした。頭が痛かった。時間の概念を失っていた。

お腹が空いても、母親が「観光客はいいカモなのよ」と言っていたミニバーには手をつけようとしなかった。チョコレートバーかハムのサンドイッチが残っていないかと、リュックの底を引っかき回してみた。ティッシュペーパーの切れ端がくっついている飴玉二つしか見つけられなかった。

アデルが眠りかけたときにドアを叩く音がした。執拗に叩く。どんどん強くなってくる。のぞき穴のついていない扉に近寄った。扉の反対側に誰がいるのか見えないので開けようとはしなかった。「どなたですか？」震える声で訊いた。なんの返事も返ってこなかった。扉を叩く音はますます激しさを増し、ホテルの廊下を歩く足音も聞こえた。長く、しゃがれたため息を聞いた気がした。扉の蝶番を吹っ飛ばしてしまうのではないかと思うほど苛立ちのこもったため息。

アデルはあまりの恐ろしさにベッドの下に隠れた。襲撃者が入ってきて自分のことをきっと見つけるだろうと思い、汗だくで、涙に濡れた顔をベージュの絨毯に押しつけていた。警察を呼ぼうか、助けてと叫ぼうか、誰かが来てくれるまで叫び続けようかと思った。しかし半分気絶したような状態でからだは恐怖に凍りつき、動くことができなかった。

二十二時頃シモーヌが扉を開けると、アデルは寝こんでいた。ベッドの下から片方の足がはみだしているのを見て、シモーヌはその足首を摑んだ。

「こんなところで何してるの？　またばかなことをしでかしたの？」

「ママ、帰ってきたのね！」アデルは立ちあがり、母親の腕に飛びこんだ。「誰かが入ってこようとしたの！　だから隠れたの。ほんとに怖かったんだから」

シモーヌはアデルの肩を摑み、しげしげと娘の顔を見てから冷たい声で言った。

「よくやったわ。隠れて正解だったのよ」


パリを発つ前日、シモーヌは約束を守り、アデルにパリの街を見せた。男性が一緒だった。顔も名前も思いだせない男性が。麝香（ムスク）とタバコの匂いと、シモーヌが神経質に、「おじさんにこんにちはを言いなさい」と言ったことだけを覚えている。

男性はふたりをサン・ミシェル大通りにあるブラッスリーに連れていき、アデルにとっては生まれて初めてとなるビールを一口飲ませた。セーヌ河を横切り、グラン・ブールヴァールまで歩いた。アデルはヴェルドー、ジュフロワ、ヴィヴィエンヌといったパッサージュの中にあるおもちゃ屋のショーウィンドーの前に立ち止まり、シモーヌは言うことを聞かない娘にイライラした。そのあと三人はモンマルトルへ行った。「おもしろいだろう？」と男性は繰り返した。ピガール広場で観光列車に乗り、アデルは母親と男性に挟まれて、恐れおののきつつ初めてムーラン・ルージュを見た。

アデルはこのピガールで過ごした時間を、ぞっとするほど陰鬱（いんうつ）であると同時に恐ろしいまでに生き生きとした思い出として胸にしまっている。クリシー大通りでは、本物かどうかわからないが、十一月の冷たい霧雨にもかかわらず肌をあらわにして、十数人でたむろしている売春婦たちを見た記憶がある。パンク、足をよろめかせた麻薬中毒者、髪にポマードをつけた女衒（ぜげん）がたむろしているのも見た。尖った胸とヒョウ柄のスカートの下に人工性器を隠した性転換したグループもいた。巨大なおもちゃのような列車の揺れに守られ、卑猥な視線を交わし合う母親と男性のあいだで、アデルは生まれて初めて、恐怖と欲望、嫌悪感と性的な興奮がまぜこぜになった感情を覚えた。売春宿の扉の後ろで、建物の中庭の奥で、アトラス映画館の椅子で、黄昏時（たそがれどき）の空を貫くブルーとピンクのネオンのセックスショップの奥の部屋で行われていることを知りたいという汚らわしい欲望。何年も経ったあとに同じ大通りを散歩したときも、男たちの腕の中にいるときも、ブルジョワ階級の卑劣さ、いやらしさ、堕落、そして人間の惨めさを体感したこの日の魔法のような感情がよみがえることはなかった。

アデルにとってクリスマス休暇は暗くて寒いトンネル、罰だ。なぜならそれは善良で寛大だから、なぜなら何よりも家族が大切になるときだから。リシャールは全て自分が引き受けると約束した。家族全員のためのプレゼントを買い、車の点検を済ませ、そして今年もまたアデルに素晴らしい贈り物を見つけた。

アデルにはバカンスが必要だ。彼女は疲れ果てている。痩せていること、やつれていること、気分が安定していないことを人から話題にされない日は一日としてない。「新鮮な空気に触れるといいよ」と言われる。まるでパリの空気が他より新鮮さに欠けるかのように。

毎年、クリスマスはロバンソン家のあるカーンで、新年はアデルの両親の暮らすブローニュ＝シュル＝メールで過ごす。それはリシャールが好んで言うように、ふたりの「伝統」になった。アデルは、両親に会うためにわざわざブローニュ＝シュル＝メールまで行くのは無意味だ、どうせ両親はどうでもいいのだからと彼を説得しようとしてきた。それでもリシャールは自分の考えを曲げようとしない。リュシアンにとっては「祖父母を知る必要があるから」。そしてアデルにとっても「家族だから。大切だから」。

リシャールの両親の家はお茶とマルセイユ石鹸の匂いがする。アデルの義理の母親のオディーユは、広々としたキッチンから出てくることはめったにない。みんながアペリティフを楽しんでいる居間に時々やってきては腰かけ、微笑みかけ、会話を投げかけて、また料理をしに戻っていく。「ママ、ここにいてよ、全く」リシャールの妹のクレマンスがぶつぶつ言う。「ママに会いに来たのよ、食べに来たわけじゃないんだから」彼女はフォアグラのタルティーヌやシナモン味のビスキュイを頬張りながら繰り返す。手伝わせてと常に口にし、次のディナーは自分が作るといつも誓っている。彼女が飲みすぎて前菜がなんだったかも忘れるほど酔ったすえに長い昼寝を始めると、オディーユはそれを見て心の底からホッとする。

ロバンソン一家はもてなし方を心得ている。リシャールとアデルは、笑い声とシャンパーニュを抜栓する音で歓迎される。巨大な樅の木が居間のすみに置かれている。背が高くててっぺんが天井について反り返り、今にも倒れそうだ。オディーユはくっくっと笑って「ばかげているわよね、このクリスマスツリー」と言う。「アンリに大きすぎるって言っても、聞かないのよ」

アンリは肩をすくめて降参するように両手を広げる。「わしも老け始めたってことかな……」彼は青い目でアデルの視線を捉える。まるで自分たちは同じタイプで、同じ部族に属している者同士だと合図し合うように。アデルは義理の父親に屈みこみ、薬草とシェービングムースの匂いを鼻いっぱいに吸いながら頬にキスをする。

「さあ、食事よ！」

ロバンソン家はよく食べる。そして、食べているあいだは食べ物の話をする。レシピやレストランの情報を交換し合う。席につく前にアンリはワインカーヴに数本のワインを取りに行き、「わお」という歓声で迎えられる。選ばれたボトルが抜栓され、美酒がカラフに注がれるのをみんなが見つめ、色についてコメントし合う。そして口を閉じる。アンリが少しだけ注いで匂いを嗅ぐ。口に含む。「ああ、我が子たちよ……」

朝、子どもたちが両親の膝の上で朝食をとっていると、オディーユはわざと深刻な顔をする。「さて、今日のお昼はどうする？　何が食べたいか言ってちょうだい」ゆっくりと、よく聞き取れるように発音しながら言う。母親のいつもの手口に慣れているクレマンスとリシャールは「ママの好きなように」と返す。お昼には、アンリが「これは飲みやすいんだ」と言ってその日三本目となるワインを開け、テリーヌからチーズへと続いてみんなの口がまだべとついているときに、オディーユはノートを手に立ちあがり、嘆くような調子で言う。「今夜のメニューが思い浮かばないの。みんな何が食べたい？」誰も返事をしない、あるいは、どうでもいいように何やらつぶやく。ほろ酔いで、すさまじい眠気に襲われているアンリは、時折、苛立ちを見せる。「まだランチも終わっていないのに、きみはこうやってみんなをうんざりさせるんだから」オディーユは口を閉じて、少女のようなふくれっ面を見せる。

　この芝居がかった光景にアデルは笑わされると同時にイライラさせられる。アデルにはこのしゃれた快楽主義が理解できない。「よく飲み、よく食べる」ことは幸せだと確信している妄想が。アデルはお腹を空かせているのがずっと前から好きだった。からだが萎えて、目が回って、お腹が鳴って、何もほしくなくなって、空腹を超越してしまうのが。彼女は生きる術として痩身を育んできたのだ。


　今夜もまたディナーが長引いている。アデルがほとんど食べていないことに誰も気づかない。オディーユはもうアデルにすすめようとしない。リシャールは少し酔っている。アンリと政治の話をしている。お互いをファシスト、反動的なブルジョワ呼ばわりしている。クレマンスの夫のローランが会話に割りこもうとする。

「逆に……」

「それに反して」リシャールが即座に遮って訂正する。「逆に、とは言わない。それに反して、と言うんだ」

アデルはローランに同情するように肩に手を置き、立ちあがって二階の部屋に行く。オディーユはいつも、息子夫妻には一番静かで一番広い黄色い部屋を用意する。ひんやりした床の、少々陰鬱な感じのする部屋だ。アデルはベッドに横たわり、両足をこすり合わせ、不健全な眠りに落ちていく。夜のあいだにうっすらと目覚めるように感じることがある。意識はあっても、からだは亡骸(なきがら)のように頑として動かない。リシャールが隣にいるのを感じる。この無気力な状態から抜けでて、深すぎる夢から目覚めることはできないと思い、不安を掻き立てられる。

リシャールがシャワーを浴びている音がする。時間が経っていることに気づく。朝がきたのだとわかる。リュシアンの声、鍋の音が、オディーユのいる遠いキッチンから彼女のところまで届く。もう昼近いのに起きあがる力がない。五分だけ。彼女はつぶやく。あと五分だけ。そうすれば一日を始められる。

腫れた目をして、濡れたままの髪で寝室を出ると、朝食は片づけられていた。リシャールは彼女のためにキッチンに小さなお盆を取っておいてくれた。アデルはコーヒーの前に座る。「今日もいつものお仕事があるけれど、どうしていいかわからないわ」と言ってため息をついているオディーユに微笑みかける。

窓ガラス越しにアデルは庭を眺める。大きなリンゴの木々、霧雨、濡れた滑り台ではしゃぐ、ダウンジャケットに身を埋めた子どもたち。リシャールは子どもたちと一緒になって遊んでいる。長靴を履いたリシャールがアデルに外に出ておいでよと手招きする。寒すぎる。アデルは外に出たくない。

「青白いね。顔色が悪いよ」中に入ってきながらリシャールはそう言って、彼女の顔に手を伸ばす。

アンリとクレマンスは一緒に家を見に行くと言ってきかなかった。「見てみたいわ。この辺では豪邸と呼ばれているのよ」オディーユは一人でゆっくりクリスマスの準備ができるとあって、嬉々として彼らを送りだした。ローランは子どもたちの世話を買ってでた。

リシャールはイライラしている。ぐずぐずして車に乗ろうとしないクレマンスを叱りとばす。父親には、家を見学しているあいだは口を挟まないと約束させた。「質問をするのはぼくだから、わかってるよね？　余計な口は出さないでほしい」アデルは車の後部座席に、どうでもよさそうな顔をしておとなしく座っている。座席の上に投げだされたクレマンスの太い腿と嚙んだ跡のある手の爪を見ている。

リシャールはひっきりなしに後ろを振り返る。アデルが前を見て運転するようにといくら頼んでも、彼は妻がこの田舎道をどう思っているかまるで頭の中でノートでも取るようにアデルの反応ばかり見ている。湿り気を帯びたこの丘を、この坂道を、ふもとにある洗濯場を、彼女はどう思っているだろう。村の入り口は？　唯一、戦争の爆弾を免れて今も存在する教会は？　ねじれたリンゴの木が点在するこの丘を毎日歩く自分の姿を想像できる？　川の流れが横切るこの小さな谷は？　家に続くこの道はどう？　蔦（つた）の絡まるこの壁は好き？　アデルは窓ガラスに頭をもたせかけ、硬い表情のままコメントするのを拒否している。瞬きさえコントロールしている。

　リシャールは木の正面扉の前で車を停めた。リフール氏が昔々の城主よろしく両手を背中に組んで待っている。太りすぎで赤ら顔の、まさに巨人だ。手は子どもの顔と同じくらい大きく、足は地面に沈みこんでいきそうだ。ふさふさした巻き毛には黄色がかった白髪が交じっている。その風貌には遠目にも圧倒される。しかし、アデルは挨拶をしようとして近づき、伸ばしっぱなしの爪に気づいた。シャツの真ん中のボタンが欠けている。股のあたりには怪しげな染みが付いている。

　リフール氏が玄関扉の方に「どうぞ」というように腕を伸ばすと、みんなが家の中に入っていく。リシャールは子犬のように玄関のステップを駆けあがる。居間、キッチン、ベランダを見て回りながらいちいち、「わあ、いいね」「ああ、すごくいい」と声に出す。暖房や電気の状態を確かめる。手帳を見ながら「防水性や気密性は？」と訊く。チャーミングな庭に面した両開きの大きなガラスドアのある居間と古いキッチンのあいだに、書斎に仕立てられた小さな部屋がある。リフール氏は気のすすまない様子で扉を開く。

る。

部屋は散らかっており、ブルーのカーテンから差しこむ光が綿埃を浮かび上がらせている。

「妻がよく本を読んでいたんです。本はわたしが持っていきます。でも、書棚はもしよろしければ残していきますよ」アデルは壁際の、白いシーツできれいに整えられた、病院にあるようなベッドを凝視する。肘掛け椅子の下に猫が隠れている。「最後は、妻はベッドに自分で乗ることもできなかったんです」

彼らは木の階段をのぼる。壁という壁に、今は亡き妻の、微笑みを浮かべた美しい写真が飾ってある。樹齢百年のマロニエの木に面した大きな寝室には、ベッドの横の小さなテーブルにブラシが置いてある。リフール氏が屈みこんで大きな手でブラシを摑み、ピンク色の花模様のベッドカバーをさする。

これは年老いていくための家だ、とアデルは思う。情に厚い人たちのための家だ。立ち寄る仲間たちにとって思い出となる家、なりゆきまかせで去っていく者たちの家だ。寄り合い所帯、診療所、避難所、棺。幽霊たちにとっての授かりもの。劇場の装飾だ。

わたしたちはそこまで老いてしまったの？　夢はここで終わってしまうの？

もう死ぬときがやってきたの？

外では四人が並んで家の正面を眺めている。リシャールが振り向いて大きな庭を指差した。

「どこまでが敷地ですか？」

「ずっと向こう、ずっとずっと向こうまでですよ。あの果樹園が見えますか？　あそこまであなた方のものです」

「リュシアンにタルトやコンポートを作ってあげられるわね」クレマンスが嬉しそうに言う。

アデルは自分の足元を見た。エナメルのモカシンに濡れた草が張りついている。田舎に履いてくる靴じゃない。

「車のキーをちょうだい」彼女は夫に言う。

アデルは車に乗りこんで座り、靴を脱いで両手で足を温める。

「グザヴィエ？　どうやってわたしの番号がわかったの？」

「きみのオフィスに電話したんだ。バカンス中だと言われたけど、緊急だと言って……」

電話をもらって嬉しいと言うべきなのだろうが、彼をその気にさせてはいけない。先日の振る舞いを心から申し訳なく思っている、あんなことをすべきではなかった。飲みすぎて、少し寂しくて、自分でもどうしてあんなことをしたのかわからない。普段はあんなことはしない。一度だってしたことがない。忘れてほしい、何もなかったように。恥ずかしくてたまらない。それに、リシャールを愛している。彼に対してそんなことはできない、ことさらリシャールが賞賛してやまないグザヴィエとは。夫が友達でいることを誇りに思っている彼とは、できるはずがない。

彼女はこうしたことを一切口にはしない。

「邪魔しているかな？　今、話せる？」

「義理の両親の家にいるの。でも大丈夫よ、話せる」

「元気?」グザヴィエは別人のような声で訊く。

また会いたいと言う。あの晩、目を閉じることさえできなくなるほど心を乱されたと。冷たい態度をとったのは、驚いたから。彼女の振る舞いに、そして、彼に対する欲望に。本当はこんなことしてはいけない、電話をしたい気持ちを抑えようと努力した。アデルのことを考えないように、ありとあらゆることをした。それでもどうしても会いたい。

電話の反対側で、アデルは何も言わない。微笑んでいる。自分ばかり話し続けてアデルの沈黙に居心地の悪さを覚えたグザヴィエは、どこかで一杯やろうと提案する。「きみの好きなところで、きみの好きなときに」

「ふたりで会わない方がいいわ。リシャールになんと説明すればいいの?」そう言ってすぐにアデルは後悔する。彼はきっと彼女はこうしたことに慣れていると思うだろう。用心するのが彼女にとっては日常的なことなのだと。

グザヴィエは逆にそれを敬意と受け取る。荒々しい、しかし揺るぎない欲望と理解する。

「きみの言う通りだよ。パリに戻ったときだね? 電話してほしい、お願いだ」

彼女はガーネット色の半袖のワンピースを選んだ。生地はレースでお腹と腿の肌が透けて見えるものだ。ベッドの上にゆっくりとワンピースを広げる。値札をもぎ取り、残った糸を引っ張る。ハサミを探してくるべきだった。

彼女はリュシアンにシャツを着せ、義母が買ってくれたモカシンを履かせる。床に座り、両足でおもちゃのトラックを挟んでいる息子の顔は青白い。二日間よく眠れていない。夜明けに起きだしても、昼寝をしようとしない。クリスマスの夜について大人たちが話すのを目を見開いて聞く。最初はおもしろがって、そして次第に疲れて、みんなが仕かけてくる〝おどし〟を黙って聞いている。「いい子にしていないと……」と言って大人たちがこぞって罰をちらつかせても、彼はもう信じない。サンタクロースが来ますように。早く終わりますように。

階段の上で、息子の手を取っているアデルの姿をローランが見ているのに、彼女は気づいている。階段を下りていくあいだ、ローランは何か言おうとする。挑発的なワンピースを褒めようとする。そして何かつぶやくが彼女には聞こえない。夕食のあいだ、妻のクレマンスが思い出の写真を撮れとうるさいからと言い訳をしながら、終始アデルにカメラを向ける。アデルはローランがレンズの向こう側からひっそり彼女を見つめているのに気づかないふりをしている。彼は冷淡で罪のない美しさを偶発的にキャッチしようとしているが、実際のところは、巧妙に計算されたポーズしか写せない。

オディーユがクリスマスツリーの近くに肘掛け椅子を置く。アンリはみんなのグラスにシャンパーニュをなみなみと注ぐ。クレマンスが小さな紙切れを作って、今年は初めてリュシアンが贈り物を受け取る人の名前を呼ぶ役割を担う。アデルは居心地の悪さを覚えている。ダイニングにいる子どもたちに交じって、レゴやミニチュアの乳母車に囲まれて横になりたい。名前を呼ばれませんようにと祈っている自分にふと気づく。

それでも順番は回ってくる。「ああ、アデルの番だ！」みんなが大きな声を出す。手をこすり合わせ、椅子の周りでひどく興奮した様子で小躍りを始める。「アデルのプレゼントを見た？　アンリ、赤い小さな箱よ、見たの？」オディーユが心配する。

リシャールは何も言わない。

ソファに腰かけ、みんなをあっと驚かせる瞬間を待っている。スカーフ、決してはめないミトン、開くことのない料理本などでアデルの膝が覆いつくされると、リシャールは彼女に近寄る。箱を差しだす。クレマンスは夫に非難めいた視線を向ける。

アデルが包装紙を破り、オレンジ色の小さな箱の上にエルメスのロゴが現れると、オディーユとクレマンスが満足のため息を漏らす。

「まあ、リシャールったら、こんなことしなくていいのに」アデルは昨年も同じことを言った。

リボンを外して箱を開ける。すぐには何かわからない。金色の円盤状のものがピンク色の輝石に縁取られ、麦穂を象ったものが三つ付いている。彼女はビジューには触れずに、ただ見ている。頭を下げたまま、リシャールと目を合わせないようにしている。

「ブローチだよ」彼が説明する。

ブローチ。

彼女はからだが熱くなる。じわっと汗ばんでくる。

「なんてきれいなんでしょう」オディーユがつぶやく。

「気に入った、シェリ？　昔のデザインだよ、絶対にきみに似合うと思った。これを見た瞬間にきみのことを思ったんだ。すごくエレガントだよね」

「ほんと、ほんとに。すごく気に入ったわ」

「つけてみて！　せめて箱から出してみてよ。手伝おうか？」

「アデルは感動しているのよ」オディーユが指を顎に添えて息子に言う。

ブローチ。

リシャールが箱からブローチを取りだし、ピンを押すと留め金から外れて持ちあがる。

「立って、その方が簡単だから」

アデルが立ちあがると、リシャールが丁寧に彼女のワンピースの左胸にピンを刺す。

「もちろんこういうワンピースにはつけないだろうけど、でも、きれいだよね？」

もちろんつけない。こういうワンピースには合わない。オディーユにスーツと、そしてスカーフも借りなければ。髪を伸ばしてシニョンにまとめて、四角いヒールの靴を履かなければ。

「とっても素敵ね。わたしの息子はほんとにセンスがいいわ」オディーユは大喜びだ。

深夜になってロバンソン一家は教会のミサに出かけていくが、アデルは行かない。全身が燃えるように熱く、ガーネット色のワンピースを着たまま毛布の下でからだを丸めて寝ている。「だから言っただろう、具合が悪くなるよって」リシャールは悲嘆に暮れている。彼がどんなに背中をさすっても毛布を重ねても、彼女の悪寒は止まらない。肩が震え、歯がガチガチ鳴る。リシャールは彼女の横に寝て、腕に抱きしめる。髪を撫でる。リュシアンにするように、少し媚びた目をして彼女に薬を飲ませる。

がん患者というのは死に瀕すると許しを乞うものだと、リシャールはアデルによく話して聞かせていた。息を引き取る直前に、釈明できなかった過ちについて話し、生きている人たちに向かって謝るのだと。「ごめんなさい、許して、お願い、許して」と。高熱に浮かされているアデルは口を開くのが怖い。自分の弱さを警戒している。看病してくれている人に向かって秘密を打ち明けてしまうのが怖くて、残りわずかなエネルギーを使って汗で濡れた枕に顔を埋めている。黙る、とにかく黙っていることだ。

シモーヌがタバコを唇の端っこにくわえた姿で扉を開く。ラップドレスを着ているが、前をきちんと閉めていないので日焼けして乾燥した胸元が見えている。脚が細く、腹が出ている。歯には赤い口紅が所々付いていて、アデルはそれを見ながら思わず舌で歯をこする。まつげには安物のマスカラが大量に付いている。シワだらけの瞼にはブルーのラインが引かれている。そのひとつひとつをアデルは凝視する。

「リシャール、ああ、わたしの愛しい人、あなたと再会できて本当に嬉しいわ。一緒にクリスマスをお祝いできないと知ってがっかりしたのよ。とはいえ、あなたのご両親の家はなんでもきちんとやるからね、わたしたちはそんなにシックにできないから、うちの乏しい財布ではね」

「こんにちは、シモーヌ。いつものことですが、ここに来られて嬉しいですよ」アパルトマンに足を踏みいれながらリシャールは目を輝かせて言う。

「あなたは優しいわね。カデール、ほら、座ってないで、リシャールが来たわよ」シモーヌは革の肘掛け椅子に沈みこんでいる夫に向かって叫ぶ。

アデルは戸口に立っている。彼女は寝こんでしまったリュシアンを抱っこしている。鳥肌の立つようなブルーの木綿更紗のかかった長椅子を見ている。居間が以前よりさらに小さく、さらに醜く見える。ソファの向かい側に置かれている黒い書棚は、細々（こまごま）とした装飾品と写真で埋まっている。アデルと、リシャールと、母親が若かった頃の写真。大きな受け皿の上にはマッチ箱のコレクションが載っていて、埃を被っている。中国風の模様の花瓶に造花が活けられている。

「シモーヌ、タバコ！」リシャールが人差し指をゆっくりと動かして注意する。

シモーヌはタバコをもみ消し、アデルを通すために壁に背をもたせかける。

「あんたにはビズしないよ。腕にチビちゃんがいるから、起こしちゃいけないからね」

「そうねママ、こんにちは」

アデルは狭い居間を横切って子ども時代に使っていた部屋に入っていく。視線をしばし床に釘づけにする。ゆっくりと上着を脱がせるとリュシアンは目を開くが、珍しいことに抵抗しない。そっとベッドに寝かせる。いつも以上に長々と絵本を読み聞かせる。最後の一冊を開いたときにはリュシアンは再び寝こんでいる。それでもアデルは読み続ける。ゆっくりと、ウサギとメス狐のお話を。リュシアンがもぞもぞして母親をベッドから追いだす。

アデルは薄暗がりのカビ臭い廊下を横切る。リシャールのいるキッチンに行く。黄色いフォーマイカのテーブルの後ろに腰かけている彼が、もの言いたげな目で妻に微笑みかける。

「あんたの息子は眠るのに時間がかかるね」シモーヌがアデルに言う。「甘やかしすぎだよ。わたしはあんたにそんな茶番は一度だってしたことなかったね」

「あの子はお話が好きなの、ただそれだけよ」

アデルは母親の指のあいだにあったタバコを取りあげる。

「もっと早く来られたらよかったのに。なんだかんだでディナーは十時だわね。幸い、リシャールが相手をしてくれているけど」彼女は微笑み、黄ばんだ犬歯の義歯を舌で持ちあげる。「あなたと出会えて本当になんて幸運だったんでしょう、わたしのかわいいリシャール。まさに奇跡よ。アデルはぶきっちょで、カマトトぶっていたのよ。しゃべりもしなければ、笑いもしない。オールドミスで終わるかと思ってた。わたしはね、言ったのよ、もっと魅力的にならなきゃダメだって、男から望まれるようにってね！　でもこの子の頑固で秘密主義なことといったら。ちょっとした秘密だって聞きだすなんて無理。でもね、この子にのぼせ上がるやつらもいてね、もう、それはすごかったの、わたしのかわいいアデルは。ねえ、モテたよねえ？　ほら、見たでしょ、この子は答えない。偉そうにしてるの。よくこう言ってやったのよ、アデル、真剣になりなさいって、プリンセスみたいに振る舞っていたければプリンスを見つけなさいって。ここではあんたを一生養っていくお金はないからねって。父親は病気がちで、わたしはといえばずっと汗水垂らして働いてきたんだし、娘が結婚したあとくらい、人生楽しむ権利はあるでしょ。わたしみたいなばかな真似はしちゃいけないって、そうアデルに言ったのよ。あとで悲痛な涙を流すようなことにならないように、誰彼かまわず結婚しちゃダメだよって。わたしはこう見えても美人だったんだよ、知ってた？　リシャール？　この写真、もう見せたっけ。これは黄色いルノー。この村では一番だった。で、気づいた？　靴とバッグがおそろい。いつもだよ！　わたしは村で一番エレガントな女性だったんだ。誰に訊いてもそう言うよ。でもね、アデルがあなたのような人を見つけて本当に良かった。本当にラッキーだよ」

父親はテレビを観ている。彼らが到着してから腰を上げていない。大晦日恒例のフレンチキャバレー、リドのショーに見入っているのだ。目の下のたるみのせいで視線が重苦しく見えるが、緑色の瞳は輝きと尊大さを残している。年齢の割には褐色の髪はまだふさふさしている。こめかみのあたりだけがグレーになって顔を明るく見せている。そして額、彼の広い額はいまだになめらかだ。

アデルは父親の隣に腰かけた。ソファに浅くお尻を乗せて、両手を腿の上に置く。

「このテレビ、気に入った？　リシャールが選んだの。一番新しいモデルよ」アデルはこれ以上ないほど優しい声で説明する。

「大満足だよ、おれを甘やかしすぎだな。こんなことに金を使わなくてよかったのに」

「何か飲みたい？　あのふたりはわたしたち抜きでキッチンで食前酒を飲み始めたわよ」

カデールは手を近づけてゆっくりとアデルの膝を叩いた。日焼けした長い指の爪は輝いて、なめらかで、とても白い。

「放っておきなさい。おれたちのことは必要ないんだ」娘を見て囁く。合意の印のような笑みを浮かべてから、テーブルの下からウィスキーのボトルを取りだし、ふたりのグラスに注ぐ。「あれはいつもおまえの夫が来ると芝居がかった態度を取るんだ。母親のことはよく知ってるだろう。隣近所を驚かせるためにディナーの企画ばかりしてるよ。あいつにこれほどうんざりさせられなかったら、もしあれがおれの重荷になっていなかったら、本当の人生を生きたかった。おまえのようにな。パリで暮らしていただろうな。ジャーナリスト、きっとおれにも向いていたと思うよ」

「聞こえてるよ、カデール」シモーヌが苦笑いする。

彼はテレビの画面に顔を向け、娘の華奢（きゃしゃ）な膝を手でぎゅっと握りしめる。

シモーヌの家にはまともなダイニングテーブルがない。ブロンズのトレーと木の脚でできた丸いローテーブルを二つくっつけて、その上にお皿を並べるのをアデルが手伝っている。カデールとアデルは居間のソファに腰かけて、リシャールとシモーヌは青いサテンの分厚いクッションに座って。リシャールは座り心地の悪さを隠せない。百九十センチの長身のせいで、膝に顎を埋めるような格好をして食べている。

「リュシアンの様子を見てくるわ」アデルが立ちあがる。

子ども部屋に入っていく。リュシアンは寝ている。頭がベッドから落ちかけている。彼女は子どもを壁の方に押しつけて、彼に寄りそうようにからだを横たえる。リドの音楽に耳を澄まし、母親の声を聞くまいと目を閉じる。拳を握る。もうキャバレーで流れている音楽しか耳に入ってこない。そして瞼は星と金ピカのまがい物で満たされる。ゆっくりと腕を動かし、肌をあらわにしたダンサーたちの肩にしがみつく。彼女は踊る。サーカスの動物のような着ぐるみに身を包み、悩ましげに、美しく、滑稽に。もう怖くない。旅行者と引退した者たちの幸せのために捧げられる一つのからだでしかない。

年末年始のお祭り騒ぎが終われば、彼女はパリに戻る。孤独と、そしてグザヴィエと再会する。やっとのことで食事を抜くことができる。しゃべらずにいることも、リュシアンを誰彼かまわず預けることもできる。十、九、八、七、六、五、四、三、二、一、あけましておめでとう、アデル！

何ひとつ思っていた通りにはいかなかった。まず、車がなかった。アデルは十五歳、ルイは十七歳。ルイは彼女に、二年続けて落第して授業中も校門の前でふらついている友達がいて、彼が父親の車で海辺まで運転してくれることになっていると断言していた。ところが日曜の朝、この友達からはなしのつぶてだった。「しょうがない、バスで行こう」アデルは何も言わなかった。母親から街の外に出るときには、ことさら男の子たちと一緒のときには公共の交通機関を使うのを禁止されていることも白状できなかった。バスが来るまで二十分待った。アデルはきつすぎるジーンズと黒いTシャツを着て、母親のブラジャーをつけていた。前日の夜、窮屈なバスルームで足のムダ毛の処理をした。食料雑貨店で買った男性用のカミソリを使って、不器用なアデルは悪戦苦闘した。おかげで足は引っ掻き傷だらけになった。どうか見えませんようにと願った。

バスの中でルイはアデルの隣に座った。彼女の肩に腕を回していた。男の子の仲間よりり彼女と話をしたがった。アデルは、自分が恋人のように、彼のもののように扱われているのだと思い、気分が良かった。

バスの旅は三十分以上続いて終点に着いた。そこからルイの友達の家まで歩かなくてはならなかった。ルイに鍵を貸した友達の、例の海辺の家まで。ところがこの肝心の鍵が鍵穴に入らなかった。その鍵では扉が開かなかった。ルイがどんなに頑張っても、上や下に動かしてみても、裏の扉も表の扉も、どこも開かなかった。これだけの距離を、時間をかけてやってきて、アデルは両親に嘘までついたというのに。男の子四人の中に女の子一人で、ジョイントとアルコールも持ってきたというのに、鍵が開かなかった。

「ガレージなら入れるよ」フレデリックが提案した。この家を知っていて、そこからなら入りこめるという確信があった。「車は置いてないよ」彼は断言した。

押すだけで開く小さな窓があったが、地面から二メートルの高さだった。フレデリックが一番に入った。ルイがアデルのためにハシゴの代わりとなり、アデルはもったいをつけながらジメジメしたガレージに両足で着地した。海辺にやってきたというのに真っ暗なガレージに閉じこめられ、コンクリートの上に敷かれたカビ臭いタオルに腰を下ろした。それでも、アルコールもジョイントもギターもあった。小さな胃袋と軟弱な肺には、これだけそろえば海に代わるくらい十分魅力的だった。

アデルは自分を鼓舞するためにアルコールを飲んだ。ついにそのときがやってきた。このチャンスを逸するなんて考えられなかった。ふたりきりになれる場所も、海辺の家もめったにない。こんな機会にルイも尻込みする理由はなかった。しかも彼女は虚勢を張っていた。こういうことはすでに経験しているから怖くないとルイに話していたのだ。男の子なら他にも知っていると。冷たい地面に腰を下ろして、少し酔っているアデルは、彼はこの手のことに気づくだろうかと自問した。嘘は見透かされてしまうのか、それともごまかすことができるのだろうかと。

目に映るものが灰色にくすんできた。モノトーンで陰影を塗り分けるグリザイユ技法のようだった。子どもっぽい欲望に喉を締めつけられた。突然無邪気なふりをして、全てを投げだしそうになった。午後は予想していたより早く過ぎていった。男の子たちは言い訳をしながらガレージから出ていった。アデルは彼らがネズミのように壁を引っ掻く音を聞いていた。ルイが彼女の服を脱がせ、自分は仰向けに寝て、彼女を上に座らせた。

こんなことは想像していなかった。こんなぎこちなさ、骨の折れる姿勢、グロテスクな動き。性器を彼女の中に入れるのがこれほど難儀とは。彼は特に満足しているように見えなかった。ただイライラして、機械的に動いていた。どこかに向かっているようだったけれど、彼女にはそれがどこなのかわからなかった。彼女の腰を摑むと、彼はピストン運動を始めた。彼には彼女がのろまでカマトトぶっているように思えた。彼女は「ジョイントを吸いすぎたみたい」と言った。彼が彼女を横向きにすると、さらにひどいことになった。彼女のからだを丸めさせ、ジリジリする手で性器を摑んでアデルに挿入してきた。彼女には動くべきなのかなすがままにされておくのがいいのか、口を閉じているべきなのか叫ぶべきなのかわからなかった。

みんなで帰途についた。バスの中でルイは彼女の隣に座った。彼女の肩に腕を回していた。これが恋人になるってことかしら、とアデルは思った。自分をうす汚く感じると同時に誇らしく、屈辱を覚えると同時に勝ち誇った気分でもあった。忍び足で家に入った。シモーヌはテレビの前にいて、アデルはバスルームに急いだ。

「こんな時間にお風呂？　何様のつもり？　東洋のお姫様とでも思っているの？」と母親はどなった。

アデルは熱いお湯にからだを浸らせた。何かしらサインがつかめるのではないかという期待から膣の中に指を押し入れてみた。証拠となるものを探して。膣は空っぽだった。ベッドがなかったのを悔しく思った。あの小さなガレージにもう少し光があったらよかったのにと。アデルは出血したかどうかさえわからなかった。

六・九ユーロ。毎日彼女は六・九ユーロの小銭をかき集めて妊娠検査薬を買う。これは強迫観念となった。毎朝起きるとバスルームに行き、ポーチの底に隠してあるピンクと白の箱を取りだし、シートにおしっこをかける。五分待つ。嘘偽りのない不安、とはいえ、完全に常軌を逸した不安に苛まれる五分間。判定結果は陰性。数時間は安心しているが、夜になって生理がきていないことがわかると、またすぐに薬局に戻り、検査薬を一つ買う。もっとも恐れていること、それはおそらく、別の男の子どもを妊娠することと。さらに最悪なのは、リシャールに説明がつくように夫と無理にセックスをして生まれてくるのはあなたの子だと主張しなければならないことだ。そして生理がくる、卵の殻を割るような音を立てながら。お腹が重く、硬くなり、そのうち、夜のあいだ中ずっと膝を抱えてベッドに寝ていなければならないほどの痙攣（けいれん）が好きになってくる。

週に一度はエイズの検査をしていた時期もあった。結果の出る日が近づくと恐怖で身動きできなくなった。目覚めるとジョイントを吸い、死ぬほど空腹になるまで何も食べなかった。しまいにはボサボサ頭のままパジャマにコートを引っかけて、ピティエ・サルペトリエール大学病院への小道を行きつ戻りつし、結果的には「陰性」と書かれた黄色い厚紙を受け取る。

アデルは死ぬのが怖い。喉を締めつけられ、熟考を妨げられる強烈な恐怖。恐ろしくなると彼女はお腹に、胸に、襟首に触れ、リンパ腺が腫れていると思いこむ。無残な痛みを伴う進行がんにかかっていると告げられるのだと確信する。タバコをやめると誓う。一時間、午後のあいだ、そして一日中がまんする。タバコを一本残らず捨てて、チューインガムを買う。モンソー公園を何時間も走る。ところがしまいには、こんな欲求に、これほどまでに明確で本質的な欲求に耐えて生きる必要はないと自分に言い聞かせるようになる。これほどの欠乏を自分に課し、少しでも長く耐えられますようにと祈りながら苦しむ自分を見ているなんて、正気を失うか完全にいかれてしまうかどちらかでないとできない。彼女は引き出しという引き出しを開け、コートというコートのポケットを探る。バッグをひっくり返して空っぽになるまで確かめ、捨て忘れていた箱を見つけだすチャンスに恵まれないと、バルコニーに出てフィルターが黒くなった吸い殻を摑み、端っこに火をつけて貪るように吸う。

彼女は強迫観念に心を苛まれている。どうすることもできない。なぜなら彼女は嘘を必要とし、彼女の生活には体力を消耗させるほどの、それしか考えられなくなるほど念入りな段取りが求められるから。それが彼女を蝕むのだ。嘘の旅行を準備する、理由をでっち上げる、しかるべきホテルを見つける、ホテルの部屋を借りる。十回も電話をかけて、コンシェルジュが「ええ、バスタブはございます。いえ、騒音などはございません。ご心配なく」と言うのを聞く。嘘はつくが正当化し過ぎてはいけない。釈明は疑いを生む。

逢引のためにワンピースを選ぶ、そのことが頭から離れなくなり、食事の途中で席を立ってワードローブを開く。「どうしたんだ？」と問うリシャールに、「あ、ごめんなさい、ワンピースよ、どこにあるのかわからなくて」と答える。

お金の勘定をする、二十回も。現金を下ろして、形跡は残さない。繊細な下着、タクシー代、ホテルのバーの法外な値段のカクテルで、口座は空っぽになる。

きれいにしている。いつでも出かける準備ができている。裏切る。必然的に、優先的に。

長引いてしまったセックスのせいで小児科の予約を反故にしてしまう。恥ずかしすぎて予約を取り直すことができない。優秀な先生なのに。怠惰のために新しい先生を探せない。父親が医師なのだからリュシアンにはそれほど小児科医は必要じゃないわと自分に言い聞かせる。

アデルは折りたたみ式の携帯を買って持っている。バッグから出すことのない、リシャールもその存在を知らない携帯。二台目のパソコンも買って、窓側のベッドの下に隠してある。彼女はいかなる痕跡も残さない、領収書も、証拠も。妻帯者、感情的な男たち、ヒステリック、年老いた独り者、ロマンチックな若者、ネット上の愛人、友達の友達には注意している。

十六時、リシャールが電話をかけてくる。彼は当直になったと詫びる。二日続けて当直になったうえに、彼女に前もって知らせるべきところ突然で申し訳ないと。しかし同僚から頼まれたことだから引き受けざるをえなかったと。

「グザヴィエだよ、覚えているだろう?」

「ああ、このあいだのディナーの人ね。今、ゆっくり話せないの。幼稚園の正門の前でチビちゃんを待っているところ。それじゃ、もうリュシアンのためにマリアを頼んであるから映画を観に行くわ」

「よかった。映画に行って、あとで話を聞かせて」

幸いなことに、彼は一度として映画の内容を訊いてきたことはない。

今夜、アデルはグザヴィエに会う。パリに戻ってきた日、アデルはバスルームに閉じこもってメッセージを送った。「戻っています」そして今夜会うことを決めた。アデルはシンプルな白いワンピースと、黒い水玉模様のストッキングを買った。靴はフラットなものを選ぶつもりだ。グザヴィエは背が低い。

幼稚園の前でアデルは母親たちが笑い合っているのを見ている。子どもの肩を抱いて、パン屋さんに寄ってそれからメリーゴーラウンドに行くと約束している。リュシアンがコートを引きずりながら出てくる。

「リュシアン、コートを着なさい、寒いから。ほら、ボタンを留めてあげるから」アデルが息子の前にひざまずくと、彼は母親を手で押してよろめかせる。

「コート、やだ！」

「リュシアン、喧嘩はしたくないわ。今はダメ、通りで騒ぐのはやめましょ。さ、コートを着なさい」

彼女はセーターの下に手を入れて、背中を激しくつねる。指の下でやわらかな肌が折りたたまれるのを感じる。「コートを着るのよ、文句はなし」

帰り道、幼い息子の手を引きながら、彼女は罪悪感に苛まれる。胃が締めつけられる。車の前で立ち止まっては、その色とモデルについていちいちコメントする息子の腕を引っ張る。「急ぐのよ」と繰り返し、抵抗して歩こうとしない息子のからだを押す。みんなが彼女を見ている。

時間をかける、ということを身につけたいとアデルは思う。辛抱強くなり、息子といる瞬間を楽しむということを。しかし今日は一つのことしか頭にない。息子から少しでも早く解放されたい。長くはかからないだろう、二時間後には自由の身だ。息子はお風呂に入り、食事をして、言い争いになって、アデルは叫ぶだろう。マリアが家にやってきて、リュシアンは泣き始めるだろう。

アデルはアパルトマンを出る。映画館の前で足を止め、チケットを一枚買ってコートのポケットにしまう。そしてタクシーを呼び止める。

アデルはカルディナル・ルモワンヌ通りにある建物の、暗闇の中にいる。二階と三階のあいだの階段に腰を下ろした。誰にも会わなかった。彼女は待っている。

彼はもうじきやってくるはずだ。

彼女は恐れている。彼ではない知らない誰かが入ってきて悪さをされることを。腕時計を見ないようにしている。ポケットから携帯も出さない。いずれにしても、素早く過ぎる時間などないのだから。彼女は反り返り、バッグを枕がわりにして、膝丈の白いワンピースの裾をたくし上げる。軽やかな、この季節にしては軽やかすぎるワンピース。くるりと回転すると、幼い女の子のスカートのようにふわりと風で翻る。指先で太ももを撫でる。ゆっくりと指を移動させて、パンティを横にずらし、手を置く。しっかりと。陰唇が膨れてくるのがわかり、指の腹に血液が押し寄せるのを感じる。手を性器に押しつけ、激しく摑む。アナルからクリトリスまで爪で引っ掻く。顔を壁に向け、両足を曲げ、指を湿らせる。一度、ある男が彼女の性器に唾を吐きかけたことがあった。アデルはそれを喜んだ。

人差し指と中指、ただそれだけのこと。燃えるように熱烈なダンスのような動き。規則的で、極めて自然な、どこまでも下卑た愛撫。彼女はイケない。いったん手を止めて、また始める。馬が鼻のあたりを舞ってイラつかせるハエを追い払うように頭を振る。イキたければ、動物的にならなくては。叫び声を出せば、喘ぎ声を出せば、痙攣と自由と苦痛と怒りをもっと感じられるのかもしれない。小さく「あっ」とつぶやいてみる。口ではなく、腹が呻くべきなのだ。ダメだ、悦びにふけるには獣にならなくては。いかなる尊厳も持ってはいけない、とアデルが考えたときに、扉の開く音がする。誰かがエレベーターを呼んだ。彼女は動かない。彼が階段を使わなかったのは残念だ。

グザヴィエはエレベーターから降りて、ポケットから鍵束を取りだす。彼が扉を開ける瞬間に、靴を脱いだアデルが後ろから腰に両手をあてる。彼は驚いて声を出す。

「きみか？　びっくりしたよ。いきなりすぎじゃないか？」

彼女は肩をすくめてみせ、ワンルームの小さな部屋に入っていく。

グザヴィエはよくしゃべる。アデルは彼が十五分も前から握りしめているワインのボトルを早く抜栓してくれないかと待っている。彼女は立ちあがり、栓抜きを手渡す。

彼女の好きな瞬間。

最初のキス、裸、おずおずとした愛撫が始まる前の時間。まだ全てが可能で、魔法を操れる、ゆらめきの時間。彼女は最初の一口を貪るように飲みこむ。一滴のワインが唇からこぼれ、顎を伝い、手ですくう前に白いワンピースの襟の上ではじける。これは物語のディテールの一つ、書いているのは彼女だ。グザヴィエは熱に浮かされたようで、はにかんでもいる。せっかちな方ではない。彼女は彼が自分から離れたところ、座り心地の悪そうな椅子に腰かけていてくれることに感謝している。アデルはソファで膝を抱えた格好で座っている。グザヴィエのことを、泥沼のようにねっとりした、謎めいた目で見つめている。

彼が唇を近づけると、アデルの腹に電流が走る。放電が性器まで到達し、爆発する。むっちりとした、みずみずしい果実が剝かれるときのように。グザヴィエの口はワインと小型葉巻の味がする。森とロシアの田舎の味。彼が欲しい。こんな欲望はほとんど奇跡に近い。彼のことが、彼の妻が、この情事が欲しい。こうした嘘が、来(きた)るべきメッセージが、さらにその先にある秘密と涙と、避けられないさよならさえも欲しい。彼がワンピースを脱がせる。外科医の手、長くて骨ばった指が肌をかすめる。確かな、機敏な、甘やかな仕草。彼は解き放たれ、突然荒々しくなり、抑制がきかないように見える。ある種、演出のセンスがあることがアデルを喜ばせる。彼があまりに近くにいてめまいを覚える。彼の吐息のせいで何も考えられなくなる。彼女はだらりとして、空っぽで、されるがままだ。

　グザヴィエは彼女をタクシー乗り場まで送り、押しつぶすような勢いで彼女の首に唇を押しあてる。愛で満ちあふれた肌ともつれた髪で、アデルは車に潜りこむ。匂いと愛撫と唾液で充満した肌は新しい艶を帯びている。毛穴のひとつひとつがそれを暴露している。目は潤んでいる。物憂げでいたずらっぽい猫のようだ。性器に力を入れると、消化しきれていないかのように快楽が生々しく残っているのを感じる。いつ何時でも蘇らせることのできる記憶をからだが内蔵しているかのように、全身に戦慄が駆け巡る。

　パリはオレンジ色に染まり、深閑としている。凍てつくような風がセーヌ河に架かる橋を吹きぬけ、街から人々の姿を消し、石畳をむき出しにしている。厚い霧に包まれたシテ島は、アデルを理想的な夢へと誘う。彼女はこの世界への闖入者にでもなったように感じながら、鍵穴から覗きこむようにして窓ガラス越しに景色を眺めている。この街は永遠で、彼女のことを知る人など誰一人としていないように思える。相手が誰であれ、人と繋がっていることさえ信じられない。まして、誰かが自分を待っていることなど。自分を信じていることなど。

帰宅した彼女はマリアにシッター代を支払う。マリアは今夜もまた自らに義務づけているように、「今夜はチビちゃんがママと言って泣いていました。眠りにつくまでに時間がかかりました」と言う。アデルは着ていたものを脱ぎ、汚れた服に鼻を突っこむと、丸めて洋服ダンスに隠す。明日のために、グザヴィエの匂いを残しておけるように。

ベッドに入った瞬間に電話が鳴る。

「ロバンソンさんのお宅でしょうか。リシャール・ロバンソン先生の奥様ですか？　こんな時間にお電話してすみません。慌てないで聞いていただきたいのですが、ご主人がスクーターで事故に遭われました。一時間前に、アンリ四世大通りで。意識はあり、命に別状はありません。ですが、両足に大きな怪我を負っています。ここに、ピティエ・サルペトリエール大学病院に運びこまれて、手術の準備をしているところです。今のところお伝えできるのはここまでですが、もちろんすぐにでもお越しください。奥様がいらっしゃれば励みになると思います」

アデルは眠い。よく理解できない。深刻な事態であることがわからない。携帯の音が聞こえなかったと言って、少し寝ていることもできただろう。でも、もう遅い。夜は台無しだ。彼女はリュシアンの寝室に入っていく。「チビちゃん、車に乗らないといけなくなったの」彼女は息子を毛布でくるんで腕に抱く。リュシアンはタクシーに乗っても目を覚まさない。道中、ロレンヌに電話をするが、十回とも留守番電話の丁寧な声のメッセージが応答した。苛立ったアデルは、ますます取り憑かれたように電話をかけ続ける。

ロレンヌのアパルトマンの前で、タクシーの運転手に待っていてくれるよう頼む。

「この子を預けたらすぐに戻りますので」

中国語訛りの強い運転手は、念のためにいくらか置いていけと言う。

「とっとと消えて」アデルは二十ユーロ札を投げつける。

彼女は建物に入り、眠りこんでいるリュシアンの頭を肩に乗せてロレンヌの部屋の呼び鈴を押す。

「どうして電話に出ないのよ。怒ってる?」

「そんなことないわよ」ロレンヌは目をしょぼしょぼさせ、もごもご答える。お尻がやっと隠れるくらいの短すぎるキモノを着ている。「寝てただけよ。何があったの?」

「気を悪くしているのかと思った。このあいだのことで。嫌われたのかなって。もううんざりなのかなって思った。それで距離を置いているのかと……」

「何言ってんの?　アデル、何があったのよ?」

「リシャールが事故に遭ったの」

「ええ⁉」

「そんなに重傷ではないみたい。足を手術しなきゃいけないらしいけど、でも大丈夫よ。病院に行かなくちゃいけないのに、リュシアンを連れていけなくて。こんなこと頼める人、他に誰もいなくて」

「わかった、わかった」ロレンヌが腕を差しだし、アデルが息子をそっと彼女の胸元へと預けると、ロレンヌは毛布ごと幼いからだをしっかりと抱きしめる。「どうなったか知らせてね。彼のことは心配しないで」

「言ったでしょ、たいしたことなさそうだって」

「あなたの息子のことよ」ロレンヌは小声で言って、扉を閉めた。


アデルはタクシーを呼ぶ。十分後に到着しますと告げられる。灯りの消えたエントランスホールの、大きな窓ガラスの前で待つ。この時間に通りに一人でいるのは怖すぎる。暴力を振るわれたり、強姦されたりする危険がある。頼んだタクシーが建物の前を通りすぎるのが見える。車は二百メートルも離れたところに停車する。「なんてアホなの！」アデルは扉を開けて車へと走る。

彼女は六階にある待合室にいる。「終わり次第、インターンがこちらに来ますので」アデルは恥ずかしそうに笑みを作る。雑誌をめくり、ふくらはぎが痺れるまで脚を組んでいる。もう一時間もここにいて、担架が運ばれ、若いインターンが女性の看護師たちと冗談を言い合うのを見ている。オディーユに電話をすると、息子を見舞うために朝一番の列車に乗ると即決だった。「かわいそうなアデル、辛いでしょう。リュシアンはうちで預かるわ。その方が安心してリシャールの面倒をみられるでしょうから」

アデルは辛くない、困ったとも思っていない。とはいえ、この事故は、彼女のせいでもある。もしグザヴィエがリシャールに当直を頼んでいなければ、もし彼女がこんなばかげた考えを彼に吹きこんでいなければ、もしふたりがこれほどまでに会いたいと熱望しなければ、夫は今頃何事もなく家にいたはずだ。彼女もこの事故のせいで発生する様々な厄介に直面することなしに夫の横で静かに寝ていたはずだ。

しかしこの事故は思わぬ幸運かもしれない。前兆、解放かもしれない。少なくとも数日のあいだ、家は彼女だけのものだ。リュシアンは祖母のもとに行く。誰も出入りを見張る者はいない。彼女は、ひょっとすると物事はさらに良い方向に進んでいてもおかしくなかったとまで考える。

リシャールは死んでいたかもしれない。

彼女は未亡人になっていたかもしれない。

未亡人に対して人は多くのことを許す。悲しみは何にも代えがたい言い訳となる。残りの人生は、過ちを重ね、男たちの心を奪いながら過ごせただろう。そして人は彼女のことを「夫の死で彼女は壊れてしまったのね。立ち直るなんて無理よ」と囁いただろう。いや、このシナリオは都合がいいとはいえない。書類に必要事項を書きこみ、質問に答えているこの待合室で、アデルはリシャールが自分にとって不可欠な存在であると認めざるをえない。彼なしでは生きていけない。彼女は何もかも失い、人生に、恐ろしい現実に直面しなければならない。全てを学び直し、全てをこなし、その結果、愛に費やすべき時間をくだらない書類仕事で失わなければならないだろう。だめ、リシャールは死んではいけない。彼女より先に死んではいけない。

「ロバンソン夫人ですね？　医師のコヴァックです」

アデルはよろよろと立ちあがるが、足が痺れていてまっすぐに立っていられない。

「先ほどお電話したのはわたしです。ＣＴスキャンの画像を受け取りました。損傷は深刻です。が、幸いなことに、右足は表面的な傷だけです。左足に複数の骨折と、靱帯断裂が見られます」

「わかりました。で、具体的には？」

「具体的には、まもなく手術室に入ります。術後にギブスをはめ、長期間リハビリをしなければなりません」

「ここには長くいることになりますか？」

「一週間か十日くらいでしょうか。ご心配なく、ご主人は必ず家に帰れますから。それでは手術の準備をします。病室に戻ったら奥様に伝えるよう、看護師に言っておきます」

「ここで待ちます」


一時間もすると、彼女は場所を変える。世界の不幸に向けて開かれるエレベーターの扉の前に座っていたくない。看護師たちが休憩する部屋の近く、廊下の奥に、空いている椅子を見つける。看護師たちが書類を整理したり、治療の準備をしたり、病室から病室へと移動したりするのを眺める。リノリウムの床を歩くときの、靴が擦れる音を聞いている。彼らの会話に耳を澄ませる。女性看護師がカートを乱暴に押して、備え付けのコップを床に落としてしまう。六〇九五室では、女性患者が頑なに治療を拒んでいる。アデルには患者の姿は見えないが、かなり高齢で、看護師は彼女の気まぐれに慣れているのだとわかる。そして声がやむ。廊下は闇に沈みこむ。病が睡眠に場所を譲る。

三時間前は、グザヴィエの手が彼女の性器の上に置かれていた。

アデルは立ちあがる。首が痛い。トイレを探して、がらんとした廊下で迷子になり、行ったり来たり、堂々巡りをする。やっと見つけたベニヤ板の扉を押して、古ぼけたトイレに入る。鍵が閉まらない。お湯が出ず、震えながら顔と髪に冷たい水をかける。来るべきときに備えるように、口をゆすぐ。廊下に出ると、名前を呼ばれる。確かに、ロバンソンさん、と言った。彼らは彼女を探している。いや、彼らが呼びかけているのは夫だ。ストレッチャーの上に横たわっている夫。彼がいる、六〇九〇室の前に、ブルーの病衣を着て、青白い顔をして、汗ばんで、虚弱になったリシャール。目は開いているが、アデルには彼が目覚めているとは思えない。虚ろな目をしている。シーツをつかんでいる手だけ、唯一その手だけが彼の羞恥心を防御している。手だけが彼の意識があることを証明している。

女性の看護師がストレッチャーを押して病室に入る。入室の許可を待っているアデルの前で看護師は扉を閉める。両腕をどうしたらいいのかわからない。何か言うべき言葉、勇気づける言葉、苦痛を和らげるような言葉を探す。

「お入りください」

アデルはベッドの右側に腰を下ろす。リシャールはほんのわずか彼女の方に顔を向ける。口を開くとどろりとした唾液が流れでて唇の端に残る。いやな臭いがする。汗と、恐怖の臭い。彼女は枕に頭を置いて、ふたり同時に眠りにつく。額と額を合わせて。

午前十一時、アデルはリシャールの病室を後にする。「リュシアンを迎えに行かなきゃ。ロレンヌが気の毒に、わたしが来るのを待っているから」エレベーターの中で、夫の手術を担当した外科医と一緒になる。ジーンズに革ジャンを着ている。若い。研修を終えたばかりか、あるいはまだインターンかもしれない。彼がからだにメスを入れ、骨を切ったりひっくり返したり、関節をいじくったりするのを想像する。傷口からでる血にまみれて夜を過ごした彼の手、長い指を観察する。

彼女はうつむいて、彼に気づかないふりをしている。いったん通りに出ると、彼の後を追わずにいられない。早足の彼を、速度を上げて追う。反対の歩道から観察する。彼が革ジャンからタバコを取りだすと、彼女は通りを横切って彼の前に立つ。

「火を貸していただける？」

「あ、ええ」彼は驚いてポケットを叩く。「ロバンソン医師の奥様ですね？　心配する必要はありませんよ。ひどい骨折ですが、まだお若いですから、すぐに回復しますよ」

「ええ、先ほど病室でそうおっしゃったわ。心配していません」彼はライターをカチッと着火させる。炎は消える。彼は右手で風から守ろうとするが、再び消えてしまう。アデルがライターを奪い取る。

「家に帰るところですか?」

「あ、ええ」

「誰かを待たせていらっしゃる?」

「はい、というか、何か? お手伝いできることがありますか?」

「一杯、いかが?」

医師は彼女をまじまじ見つめてから、声を立てて、明るく、子どものように笑う。アデルの表情がゆるむ。微笑むと、美しい。この男は人生を楽しむことを知っている。魔術師のように白い歯と扇情的な目をしている。

「いいですね。行きましょうか」

アデルは毎日リシャールを見舞う。病室に入る前に、扉のところで立ちどまり顔だけのぞかせて中の様子を覗く。もし夫が起きていれば、ちょっと困ったような顔で、思いやりのある笑みを送る。彼女は夫に、雑誌、ショコラ、焼きたてのバゲット、季節のフルーツを持っていく。しかし、彼を喜ばせるものは何ひとつないようだ。手をつけないバゲットは固くなってしまう。しなびたバナナの匂いが病室に漂う。

彼は何もほしくない。彼女がベッドの右側の、座り心地の悪いブルーのスツールに腰かけ、必死になって会話をしようとしても、彼は話したがらない。雑誌のページをめくり、話題になっている事柄についてコメントしてみるが、リシャールは生返事だ。しまいに彼女は黙りこむ。窓の外に目をやり、一つの街のような巨大な病院と高架線のメトロ、オーステルリッツ駅を眺める。

リシャールは一週間前からヒゲを剃っておらず、ボサボサの黒いヒゲが表情を硬くしている。彼はずいぶん痩せた。足にギブスをはめ、正面の壁を見つめ、この先に待ち受けている日々について考えるだけで打ちひしがれている。

病院に来るたびに彼女は、今日こそは午後ずっと病室にいて夫の気を晴らし、医師がやってくるのを待って質問をしようと誓う。でも、誰も来ない。忘れられていると思うと余計に時間が長く感じられる。まるで誰も彼らのことなど気にかけていないかのように、まるでこの病室は存在していないかのように、午後が永遠に続くかのように。三十分もいると、決まって彼女は退屈してしまう。彼のもとを離れると、ホッとせずにはいられない。

彼女はこの病院が大嫌いだ。足を痛めた人、コルセットをはめた人、ギブスをはめた人、生皮を剥がされた人々が歩行練習をしている廊下。無知な患者が決定的な言葉を告げられることになる診察室。夜、寝ていると彼女の耳にリシャールの病室の隣の患者の声が聞こえてくる。大腿骨を骨折した、認知症の八十代の女性が叫ぶ声。「わたしのことは放っておいて、お願い、出て行って」

ある午後、病室から出て帰ろうとしているところに、ぽっちゃりした体型のおしゃべりな看護師が入ってきた。「まあ、良かった、奥さんがお見舞いに来てくれたのね。からだを拭くのを手伝ってもらえるわね。二人でも多すぎることはないんだから」リシャールとアデルはこの状況に恐ろしいまでの気まずさを覚え、お互いを見る。アデルはセーターの袖をまくって、看護師に差しだされたタオル地の手袋をはめる。

「わたしがからだを支えるからあなたが背中をこすって。さあ、こうするのよ」アデルはゆっくりとリシャールの背中を、体毛で覆われた脇の下を、肩をタオルで拭う。お尻まで拭っていく。しっかりと、できる限りの優しさを込めて。リシャールはうつむいているが、彼女には夫が泣いているのだとわかる。「もしできれば、わたし一人でやらせてもらえますか？」看護師に言うと、彼女は即座に否定しようとするが、リシャールが声を殺して泣いていることに気づいてすぐに考え直す。アデルはベッドに腰かける。リシャールの腕をとり、肌をこすり、彼の長い指をしつこいくらい拭く。なんと声を掛けていいのかわからない。これまで夫をこんなふうに世話したことがなかったし、この役割は彼女を狼狽(ろうばい)させ、悲しませる。壊れていようが元気でいようが、リシャールのからだに彼女は何も感じない。いかなる感情も湧いてこない。

幸い、グザヴィエが待っている。

「きみがどれほど動揺しているかわかるよ」リシャールが突然つぶやいた。「こんな態度をとって、きみに冷たくしてすまない。きみにとっても辛いことだってわかってる。自分を恨むよ。死ぬかと思ったんだよ、アデル。あまりの眠さに目を開けていられなくなって、次の瞬間にはスクーターを制御できなくなっていた。スローモーションのようだった。全て見ていたよ。正面から車が来て、街灯が右手にあった。何メートルも何メートルも滑って、どこまで行っても止まれないと思った。これで終わりだ、自分はこうやって死んでいくんだって。当直をしすぎたせいで死ぬんだと思った。でも、おかげではっきりと気づいた。今朝、辞めると伝えるために部長にメールを書いたよ。病院は辞める、もう続けられない。家の申し込みも済ませたし、リジューのクリニックで働くために協会の書類にも署名をするつもりだ。きみもギリギリにならないように、早いうちに新聞社に伝えておくといい。きれいに辞めるべきだ。新しいスタートを切るんだよ、アデル。この事故は結果的には悪いことばかりじゃなかったんだ」

彼は充血した目で彼女を見上げて微笑み、アデルは生涯を共にする年老いた男を眺める。深刻な顔、くすんだ肌、カサカサした唇、これこそが彼女の未来だ。「看護師さんを呼ぶわね。わたしなしで清拭（せいしき）を終えてくれるわ。大切なのはあなたが元気になることよ。あれこれ考えないで、ゆっくり休んで。また明日話をしましょう」彼女は荒々しくタオル地の手袋を外して絞り、ベッドの横の小さなテーブルに置き、彼に手を振って出て行く。

不意に目覚める。裸で、寒くて、吸い殻でいっぱいの灰皿に鼻を突っこんで眠ってしまったことにやっとのことで気づく。胸を揺すられ、内臓をかき回される。目を閉じて寝返りを打って眠りに飲みこまれますようにと祈り、この最悪な状態から抜けられますようにと懇願する。瞼を閉じると、左右に揺れるベッドに身を沈めさせる自分がいる。痛みで唸るほど舌が引きつる。青みがかった光が脳裏をよぎる。脈が速くなる。腹の生皮を剝がされるような吐き気。首が震え、腹は窪んでいる。まるで放出に備える大きな空洞のように。脳を少しでも働かせるために両足を上げようと努力する。力が出ない。やっとのことで四つん這(ば)いになってトイレまで行く。便器に頭を突っこみ、酸っぱくて灰色の液体を吐く。激しいムカつきにからだ全体をしぼられ、口から、鼻から吐いて、死にそうだと感じる。吐き気がやんだと思うと、また襲ってくる。嘔吐のたびに大仰な動きで、蛇のようにからだをよじり、床に倒れこみ、憔悴する。

彼女はもう動かない。タイルの床にからだを横たえ、ゆっくりと呼吸をする。うなじが濡れていて、ぞくぞくし始めるが、それがかえって気持ちがいい。両膝を胸に抱える。静かに泣く。涙は黄ばんだ顔を歪め、化粧で乾燥した肌にひびを入れて流れる。からだを前後に揺らそうとするが言うことを聞かず、気がめいる。舌を歯に滑らせると、食べ物のかけらがくっついていることに気づく。

どのくらい時間が経ったのかわからない。寝ていたのかすらわからない。シャワーに向かって這う。そろりそろりと立ちあがろうとする。意識を失ってしまうのが、バスタブに頭をぶつけるのが怖い。再び吐くことを恐れている。まずは膝をついてしゃがみ、次に両足で立ちあがるが、まともに立っていられない。できることなら爪を壁に押しこんで支えにしたい。息を吸って、まっすぐ歩くように努力する。鼻に乾燥した嘔吐物がこびりついている。痛い。シャワーの下にたどり着くと、太ももに血が流れているのに気づく。あえて性器を見ようとはしないが、傷ついて過敏になり、ボコボコに殴りつけられた顔のように膨れあがっているとわかる。

たいしたことは覚えていない。からだが唯一の手がかりだ。一人で夜を過ごしたくなかった、それは記憶にある。時間が過ぎていくのを見ているのが、夜、アパルトマンに一人でいて何をして過ごしたらいいのかわからないのが、恐ろしく不安だった。メディという男が、彼女が彼のサイトにあったアドレスにメールを送って一時間もしないうちに返事をしてきた。彼は二十一時にやってきた。予定通り、友達一人とコカイン五グラムと一緒に。アデルはおめかしした。お金を払うからといってだらしなくしていていいというものではない。彼らは居間に通された。彼女はメディのことをすぐに気に入った。短く切った髪、悪そうな顔、褐色の歯茎、強そうな歯。腕には名前の入ったブレスレット、爪には噛んだ跡。彼は見事なまでに下品だ。ブロンドの友達は控えめだった。アントワンヌという名前の痩せ型の若者は、一時間経ってようやくジャケットを脱いだ。

ふたりともモダンで洗練された装飾のアパルトマンに驚いている様子だった。ソファに腰かけた彼らは、誰か偉い人の家に呼ばれて居心地悪そうにお茶を飲んでいる少年のようだった。アデルがシャンパーニュの栓を開けると、メディはすぐになれなれしい言葉使いになり、彼女に訊いた。

「で、仕事は何してんの?」

「ジャーナリストよ」

「ジャーナリスト?　すっげー」

彼はポケットに入っていた小袋をアデルの目の前で揺らした。「あ、ちょっと待って」彼女は振り返って、書棚からリュシアンのアニメのＤＶＤを取りだした。メディはおもしろがって、そのＤＶＤケースの上に筋を六本作った。「まずはきみから。こいつはいけるよ」メディはこう繰り返した。彼の言う通りだった。

アデルは歯の感覚がほとんどなくなっていた。鼻腔がチクチクし、愉快に衝動的に飲みたくなった。シャンパーニュのボトルを摑み、頭をのけぞらせた。液体が頬と首に流れ、服に染みこむと、彼女はこれが呼び水になると思った。アントワンヌが後ろにしゃがみ、アデルのシャツのボタンを外し始めた。彼らはまるで完璧に振り付けをされたバレエのように、すべきことを正確に知っていた。アントワンヌが後ろから彼女の髪を両手で摑み、メディが彼女の胸を舐め、手は腿のあいだに置いていた。


アデルはからだを滑らせて壁にもたれかかる。熱湯のシャワーの下でうずくまる。おしっこをしたいのに夜のうちに骨でも生えてしまったように下腹が硬い。両足の筋肉を収縮させ、歯を食いしばると、ついに尿が腿のあいだに流れだし、痛みでうなり声が漏れる。彼女の性器はもはや割れたガラスの破片でしかない、擦り傷と亀裂の迷路でしかない。凍りついた死体が漂う、薄い氷の膜。毎日熱心にムダ毛の処理をする恥丘は紫色になっている。

求めたのは彼女だ。彼を恨むわけにはいかない。一時間ほどメディと戯れ、性交したあと、アントワンヌとしたい、ゲームみたいに乱交したいとメディに頼んだのは彼女だ。歯止めがきかなくなってしまったのは彼女だ。そして言った、「まだ足りない」。もっと感じたい。耐えられると思ったのだ。五回、いや、おそらく十回、彼は骨ばった彼女の足と膝を持ちあげ、性器を破裂させた。彼は最初のうちは警戒しつづだった。メディはアントワンヌに、呆然としたような、ちょっとあざけるようなまなざしを向けた。彼は片足を持ちあげて、肩をすくめてみせた。わけがわからなかった。そのうち、彼女が身をよじらせるのを見て、人間のものとは思えない叫び声をあげるのを聞いているうちに、味をしめた。

それからは、なんでもありになった。そして、彼女はおそらく気絶したのだ。その後もふたりは話していたのかもしれない。いずれにしても彼女はここでこうして、空っぽになったアパルトマンで、裸で目覚めた。家具でも壁でも、何でも支えにしながら、ゆっくりとバスルームから出る。タオルを一枚摑んでからだに巻き、ベッドの端っこに、おそるおそる腰を下ろす。姿見に映っている自分の姿を見る。青白くて老けている。ちょっと動いただけで気持ちが悪くなる。考えるだけでも壁がぐるぐる回る。

何か食べるべきなのだろう。糖分を含んだ冷たい飲み物を飲むべきなのだろう。わかっている、一口目はさぞ美味しいだろう。喉の渇きは癒されるが、でもそのあと、空っぽの胃の中に液体が流しこまれると、激しい吐き気と恐ろしい頭痛に襲われるだろう。耐えなければ。再び横たわる。少しだけ飲んで、たくさん眠る。

どのみち冷蔵庫は空っぽだ。リシャールが入院してからアデルは買い物をしなかった。アパルトマンの中は雑然としている。寝室では、服が至るところに投げ捨てられ、下着が床に転がっている。居間のソファの肘掛けには、一着のワンピースが掛かったままだ。開封していない封書がキッチンに積み重なっている。いつか失くしてしまうか、捨ててしまうだろう。リシャールには郵便物はなかったと言うだろう。アデルはこの一週間仕事にも行かなかった。記事を書くと約束したが、どうしても書けなかった。彼女が電話に出ないものだから、シリルは彼女を執拗に責めた。ついに彼女は、毎日一日中病院で夫に付き添っている、月曜には出社すると、言い訳じみた惨めなメールを真夜中に送った。

彼女は服を着たまま寝て、ベッドで食べる。いつでも寒気を感じている。ベッドの脇の小さなテーブルは、半分食べかけのヨーグルトの容器、スプーン、それに固くなったパンのかけらで埋まっている。グザヴィエの都合がつくや、カルディナル・ルモワンヌ通りの部屋で彼と落ち合う。彼から電話があると、彼女はベッドを出て、熱いシャワーを長々と浴びて、服を次々と床に投げ捨て、洋服ダンスにぽっかりと穴を作る。銀行の預金は底をついているけれど、それでもタクシーに乗る。目の下のクマを隠し、冴えない顔色を少しでも良く見せるために日々化粧を濃くしていく。

アデルの携帯が鳴る。からだに掛かっている布団をポンポンと叩き、枕をゆっくりと持ちあげる。電話の音は聞こえるが、見つからない。携帯は足元にあった。画面を見る。六回も取り損ねてしまった。分刻みで掛けてきたリシャールからの六回の電話。激しく、怒りのこもった六回の電話。

一月十五日。

リシャールは今日退院する。彼女を待っている。今日が一月十五日ということを彼女は忘れていた。着替えをする。ゆったりしたジーンズに男もののカシミアのセーターを着る。

そして腰かける。

髪を整え、化粧をする。

腰かける。

居間を片づけ、服を丸めて、そして額に冷たい汗をかいて、キッチンの壁に背をもたせかける。バッグを探す。バッグは口がぱかっと開いて、中身は空っぽで、床に落ちている。

リシャールを迎えに行かなければ。

夏になるとアデルの両親は、ル・トゥケ（北フランスのリゾート）にアパルトマンを借りるのが常だった。カデールはバカンスの仲間たちと日がなバーで過ごした。シモーヌはブリッジに興じたり、首にアルミニウムのバンドを巻いてテラスで日焼けをしたりして過ごしていた。

　アデルは誰もいないアパルトマンでだらだらしているのが好きだった。ベランダでミントの香りのタバコを吸った。居間で踊り、引き出しを探った。ある午後、『存在の耐えられない軽さ』を見つけた。家主の本に違いなかった。両親はこの手の本は読まなかった、というか両親は読書とは全く縁がなかった。適当にページをめくっていると、涙が出るほど動揺させられるシーンに出くわした。言葉が腸（はらわた）まで反響し、一節一節に電流が走った。彼女は歯を食いしばり、性器を収縮させた。生まれて初めて、自分で自分の性器に触れてみたいと思った。彼女は下着の端っこを掴み、生地で性器が焼けつくようになるまで持ちあげた。

〝彼は彼女の服を脱がせたが、そのあいだ彼女はほとんどじっとして動かずにいた。彼にキスをされても、彼女の唇は反応しなかった。しかし、突然、彼女は自分の性器が濡れていることに気づき、呆然とした〟

彼女は本を居間の小さな家具の、元あった場所に戻し、夜になると本のことを考えた。正確な言葉と行間を流れる調べを思いだそうとした。そしてがまんできなくなった。彼女は起きだして引き出しを開け、黄色い表紙を見ると、軽やかなワンピースの下で未知の感覚が目覚めるのを感じた。やっとのことで本を手に取った。ページに印を付けたわけではないし、この小説のどこかにあったその箇所になんの形跡も残していなかった。それでも、その後もこの本を読みにくるたび、彼女を感動させた章を見つけることができた。

〝彼女は自分の意に反していた分だけ大きな興奮を感じていた。すでに彼女の心は、今起こりつつあることに、密かに同意していた。しかし彼女はこの大いなる興奮を長引かせるためには、これは暗黙の了解でなければならないと思った。もし彼女が大きな声でウイと言っていたのだとしたら、もし彼女が愛のシーンに自発的に参加したのだとしたら、興奮は地に落ちてしまっただろう。なぜなら心が刺激されたのは、不本意にも反応するからだに裏切られたから、そしてまさにその裏切りに参加したからだ。

彼は彼女の下着を脱がせた。今、彼女は全裸になった〟


彼女はこの文章を呪文のように繰り返した。この文章を舌の上で転がした。脳裏に張り巡らせた。欲望自体が重要ではないのだとすぐに理解した。自分が近寄っていく男たちが欲しいわけではないのだと。彼女が渇望するのは肌ではなく、状況だった。求められる。オルガスムに達する男たちの仮面を観察する。満たされる。唾液を味わう。激しいオルガスムの、官能的な快楽の、動物的な悦びの真似をする。血と精液にまみれた爪で帰っていく男を見る。

エロティスムは全てを粉飾した。物事の凡庸さを、虚栄を隠した。エロティスムは高校生の日常の午後に精彩を与えた。バースデーケーキ、物欲しげに胸を見るおじがいつでもいる家族の集まりにまで。この獲物探しはそれまで存在していた全ての規則、あらゆる掟(おきて)を消滅させた。友情、野心、スケジュールを不可能にした。

アデルはこうして男たちの心を奪うことに、栄光も恥辱も感じない。帳簿をつけるようなことはしない。名前も、ましてや状況など覚えていない。すぐに忘れてしまう、その方がずっといい。どうやったらこれだけ多くの肌を、匂いを記憶していられるだろうか。彼女に覆いかぶさったからだの重み、腰回り、性器の大きさを覚えていられるだろうか。何も正確なことは覚えていないが、それでもこうした男たちの存在こそが彼女が生きていることの唯一の指標なのだ。季節ごとに、誕生日ごとに、人生の節目となる行事のたびに、ぼんやりした男の顔が浮かぶ。男たちの欲望を通して自分は何度も存在した、と思うことで安堵(あんど)する。その感覚が薄れかけた記憶の中に漂っている。何年か経った後に、偶然男に出くわすことがある。男は感動して、深刻な声で言う。「きみを忘れるのに時間がかかった」彼女は計り知れない満足を覚える。自分の意思に反して、まるでこうした全てのことが無駄ではなかったかのように。まるでこの永遠の繰り返しの中に、心ならずも、価値がひっそり生まれていたかのように。

他の者たちと比べて強い印象を与えた何人かの男たちは身近な存在となっている。例えば、アデルが好んで「わたしの友達」と呼ぶ、アダン。出会い系サイトで知り合ったとはいえ、彼には親近感を覚えている。時々彼の住むブルー通りに赴き、服を着たまま、書斎と居間を兼ねているベッドでジョイントを吸う。彼の腕に頭を乗せて。友達でいられるような感覚が好きなのだ。彼は彼女に何か注意したこともないし、彼女の人生について質問してくることもない。インテリでもないし思慮深いわけでもないが、それが彼女は気に入っている。

中には、彼女の方が執着してしまい、別れるのに手こずった男たちもいる。今思い返すと、なぜそれほどこだわったのか理由は曖昧で、彼女にはもう理解できない。とはいえ、その時点では他のどんなことよりも大事だった。ヴァンサンのときも、ヴァンサンの前の南アフリカの取材で出会ったオリヴィエのときも。今日、グザヴィエからのメッセージを待ちこがれるように、そのときは彼の便りを待った。彼女は男たちが彼女のために憔悴することを望んでいた。彼女自身は何ひとつ失うことはないが、彼らが彼女のために何もかも失ってしまうことを。

今ならアデルはこの舞台から降りることができる。休むことができる。リシャールの運命と選択に任せていい。今すぐにやめるべきだ、それが彼女自身のためだ。全てが崩れ去ってしまう前に。年齢的にもエネルギー的にも無理になる前に。惨めになり下がる前に、魔法と品位がなくなってしまう前に。

確かにあの田舎の家は素敵だ。

とりわけあの小さなテラス。菩提樹を植えて、ベンチを置いて、ほんの少し朽ちらせて苔で覆われるようにしておくといい。パリから遠く離れた田舎の小さな家で、アデルは彼女自身を決定づける本当の自分を諦めることになるだろう。彼女の真の姿は誰も知らないから、これは非常に大きな挑戦だ。彼女自身の一部分を放棄して、人々の目に映る彼女でしかなくなる。薄っぺらな表面だけの彼女。影のない肉体。「勝手にどうとでも思えばいいわ、いずれにしたって誰も知らないんだから」とはもう言えない。

あの素敵な家の菩提樹の木陰から、もう逃げることはできない。来る日も来る日も、彼女は自分自身と衝突するだろう。買い物、洗濯、リュシアンの宿題を手伝いながら、生きる意味を見つけなくてはならない。子どもの頃からすでに息の詰まる思いをして、家庭とはおぞましい罰のようだと思っていた、あの平々凡々な日常を超えるものを。ただ単に一緒にいて、食事を作って食べたり食べさせたりして、眠りにつくのを見たり見られたりして、お風呂に入る入らないで言い争いをして、何かすることを探すような退屈な生活を続けていたら、彼女は人生に嫌気がさしていただろう。男たちが、彼女を子ども時代から救い出した。彼らが、泥まみれになって遊んでいる年齢から彼女を引きずりだし、彼女は子どもの受動性と引き換えにゲイシャの淫蕩を身につけたのだ。

「もし運転できたら、自分の夫を自分で迎えに行けたのに。運転できるともっと自由になれるわよ、そう思わない？」ロレンヌはイライラしている。車の中でアデルは昨夜の話をしている。洗いざらい話すわけではない。少しためらいながら、しまいにはお金を借りたいのだと白状する。「リシャールが家にお金を置いているのは知っているんだけど、わたしが使うためのお金じゃないの、わかるでしょ？　すぐに返す、約束する」ロレンヌはため息をついて指でハンドルを神経質に叩く。「いいよ、いいから、あげるわよ」

リシャールは病室で、バッグを膝に乗せた格好でふたりを待っている。じりじりしている。廊下で退院の手続きをするのはロレンヌだ。アデルは、静かに、憔悴した様子で、彼女のすることを背後から見ている。入退院事務室の入り口でもらった番号札はアデルが手に持っている。「わたしたちの番だわ」とアデルは言うが、窓口の女性には話しかけない。

アパルトマンに着くと、アデルは伏し目がちになる。ライティングテーブルに花を飾っておけばよかった。食洗機に汚れたお皿を入れておくこともできただろう。ワインかビールを買っておくことも。リシャールが喜んで頬張る板チョコも。居間の椅子にばさっと置いてあるコートはハンガーラックに掛けておくこともできたはずだ。ほんの少し気をつければ。バスタブの汚れをスポンジでさっと一拭きしておくこともできただろう。そしてサプライズを準備しておくことも。彼を迎える準備を整えておくことができていたはずだ。

「何かランチに食べられるものを買ってこようか」とロレンヌが提案した。

「買い物に出る時間がなかったの。本当に段取りが悪かった。あなたがお昼寝をしているあいだにわたしが行ってくる。あなたのほしいもの、必要なものを買ってくる。だからなんでも言って、ね?」とアデル。

「そんなことどうでもいいよ。どっちにしろお腹は空いてない」

アデルはリシャールに手を貸してソファに横にならせる。彼女はふくらはぎのギプスを掴み、足を持ちあげてクッションの上にそっと置く。松葉杖は床に置く。

日々は過ぎていく、そしてリシャールは動かない。

日常生活に戻る。リュシアンが自宅に戻る。アデルは仕事場に復帰する。仕事にのめりこみたかったが、距離を置かれていると感じる。シリルは彼女を冷ややかな態度で迎えた。「きみが看護婦さんごっこをしているあいだにベン＝アリー（チュニジアの元大統領）が失脚したのは知ってるのかな。メッセージを何通も送ったが、読んだのかさえわからない。結局ベルトランを送りこんだよ」

感傷的な雰囲気に包まれているだけに、余計に距離を感じる。同僚たちは毎日、一日中オープンスペースに置かれたテレビに目を釘づけにしたまま動いていないように見える。来る日も来る日も人で埋まったブルギーバ大通り（チュニス最大の大通り。ジャスミン革命の舞台となった）の映像が流される。騒がしい若者たちの群衆が勝利を祝っている。女たちは兵士たちの腕の中で涙を流している。

アデルは画面に目を向ける。どこもかしこも馴染みのある場所だ。何度となく歩いた通り。最上階の部屋のバルコニーでタバコを吸ったカールトンホテル。路面電車、タクシー、タバコとカフェオレの匂いのする男たちを誘惑したカフェ。人々の郷愁に耳を傾け、ベン＝アリーが支配する国の無気力な状況について考えを聞く他には何もすることがなかった。死にたくなるほど寂しい、いつも代わり映えのしない記事を書いていた。観念して。

同僚たちが啞然として手を口にあてる。息を止める。今はタハリール広場（エジプトの首都カイロの中心にある広場）が燃えている。「どけ、そこをどけ」布でできた人形を燃やしている。詩を朗読し、革命の意義を語っている。二月十一日十七時三分、スレイマン副大統領がホスニ・ムバラク大統領の辞任を発表する。ジャーナリストたちは歓声をあげ、お互いの腕に飛びこむ。同僚のローランがアデルの方を振り向く。彼は泣いている。

「素晴らしいじゃないか。きみはあの場に居合わせられたというのに。夫のあんな事故さえなかったら。不運としか言いようがないな」

アデルは肩をすくめてみせる。立ちあがり、コートを引っかける。

「今夜、残らないのか？　生中継で見ていられるのに。こんなネタには、めったに出くわせないぞ！」

「もう行くわ。帰らなきゃいけないの」

リシャールは彼女を必要としている。午後のあいだに彼は三度も電話をかけてきた。「薬をもらってくるのを忘れないで」「ゴミ袋を買ってきて」「何時に帰る？」彼は彼女のことをやきもきしながら待っている。彼女なしには何もできない。

朝、アデルは彼の着替えをさせる。ギブスの上を滑らせてパンツを下げる。彼はといえば天井を見あげて祈りか罵りか何かしら繰り返す。時と場合によって違う。石油の臭いのするゴミ袋でギブスを覆い、腿にテープを貼って、リシャールをシャワーに連れていく。プラスチックの椅子に座らせ、スーパーマーケットにわざわざ買いに行った足台の上に彼の足を乗せる。十分も経つと、喚き始める。「もういい！」彼女は彼にバスタオルを差しだす。彼女は彼をベッドまで連れていき、彼は息を切らしてベッドに横たわる。彼女はテープを切り、ゴミ袋を外し、パンツを、ズボンを、靴下をはかせる。仕事に出かける前にローテーブルにミネラルウォーターのボトル、パン、痛み止めの薬、携帯電話を置く。

ウィークデーは疲れ果てて、彼女は服を着たまま夜の十時には寝こんでしまうこともある。居間と玄関に山積みにされていく段ボールは見て見ないふりをしている。引っ越しの日が近づいていることなど知らないように。「シリルに話したかい？　言っておくが契約解除の事前通知義務というものがあるんだ」という夫の言葉が耳に入らなかったようだ。

週末はアパルトマンに三人だけになる。アデルは夫に気分転換をするために友達を招待しようと提案する。リシャールは誰も呼びたくない。「こんな姿を見られるのはいやだ」リシャールは怒りっぽく、攻撃的になった。いつもはとても節度のある彼が、猛烈に怒りだす。この事故は彼女が想像していたよりも彼を動揺させているのだと彼女は思う。

　ある日曜日、彼女はリュシアンをモンマルトルの丘の上にある公園に連れていく。ふたりは凍りつくような砂場の縁に腰かける。手がかじかんでいる。リュシアンは、ブロンドの髪の子どもが丁寧に並べている砂の塊を崩してはおもしろがっている。子どもの母親が携帯を耳にあてたままリュシアンに近づき、彼の背中を小突く。「ちょっと、何やってるのよ、最低ね！　息子にかまわないでよ。この子の遊びに手を出さないでちょうだい」

　リュシアンは、鼻水を垂らしてべそをかいているその子どもを睨みつけながら母親の腕に戻る。

「リュシアン、帰るわよ」

　アデルは、帰りたくないと言ってだだをこねる息子の腕をとって立ちあがる。砂場に沿って歩き、ブーツのつま先でブロンドの髪の子どもが作っていた砂の城を踏みつぶし、彼のおもちゃのシャベルを公園の端っこに向かって投げつける。「ちょっと、あなた！」と母親がヒステリックにどなりつけても、アデルは振り向かない。

「おうちに帰るわよ、お外は寒すぎるからね」

扉を開くとアパルトマンはしんとしている。リシャールは居間のソファで寝こんでいる。アデルはしーっと指を口にあてて、ゆっくりと息子の上着を脱がせ、ベッドに寝かせる。ローテーブルの上にメモを残す。「買い物をしてきます」


クリシー大通り。セックスショップのショーウィンドーの前で、うす汚いレインコートを着た老人が、赤いビニールのメイドのコスチュームを指差す。巨大な胸の黒人の販売員は頷いて、店に入るように促す。アデルは、エロチックなショーウィンドーの前でクスクスと笑っている旅行者たちの前を通り過ぎ、ＤＶＤを選んでいるドイツ人カップルを観察する。

ピープショーを見せる店の前で、ブロンドの太った女が雨に濡れながら同じ場所を行ったり来たりしている。

「お兄さん、ダンス見ていかない？　がっかりはさせないよ」

「息子を散歩させているのが目に入らないんですか？」三十代の男性が激怒する。

「何の問題があるっていうのさ、入り口にバギーを置いておけばいいじゃん。あんたが中にいるあいだ、あたしが見ていてあげるよ」

メトロの駅前の広場ではマフィアの手下たちが缶ビールや安物のウォッカを飲みながら仕事をもらえるのを待っている。アラビア語、セルビア語、ウォロフ語、中国語が聞こえてくる。若い夫婦は酔っ払いの集団が行き交うなか、子どもたちを散歩させ、警官たちが自転車用のレーンをローラースケートでパトロールしている姿を見ると嬉しそうな笑みを見せる。

アデルはピンク色のビロードの絨毯の敷かれた長い廊下に足を踏みいれる。壁には縄で縛られ、舌を出し、尻を見せている女性たちの写真が貼ってある。入り口の警備員の男に挨拶する。アデルは彼と知り合いなのだ。彼のために何度もマリファナを買ってあげたし、彼の妹が胃がんにかかったときにリシャールの電話番号を教えてあげた。それ以来、彼はアデルを無料で入れてくれている。いずれにしてもアデルは見るだけだと彼は心得ている。

土曜の夜はバチェラーパーティや契約を取り付けた同僚を祝う若者たちで賑わう。今日はみすぼらしい舞台の前には三人しか客がいない。少し年をとった、ひどく痩せた黒人。田舎から来たのだろう、帰りの電車の時間を気にして腕時計に時折目をやっている五十代の男。奥には、アデルが入っていったときにうんざりしたような視線を向けてきたアラブ人の男。

アデルはアフリカ人に近づく。彼女は身を屈めて彼を見下ろす。彼はガラス玉のような黄色い瞳を向けて、恥ずかしそうに笑う。虫歯だらけだ。アデルは立ったままでいる。タコの目立つ手、半分開かれたズボンのファスナー、湿って静脈の浮き立った性器を凝視している。

　別の男がつぶやくのが聞こえる。ため息をついているのを感じる。

「シュマ（アラビア語で〝恥知らず〟の意）」

「なんて言ったの？」

　年老いたアラブ人の男は顔をあげない。指をしゃぶり、呻き声を出しながら乳首をつまんでいるダンサーから目を離さない。

「シュマ」

「聞こえてるわよ。言ってる意味もわかるわよ」

　男は反応しない。

　アフリカ人の男がアデルの腕を掴み、アデルを落ちつかせようとする。

「ほっといてよ」

　アラブ人の年老いた男は立ちあがる。いやな目つきをしている。何日も伸ばしたままにしているヒゲに埋もれたたるんだ頬。彼はアデルをじっと観察する。彼女の履いている法外な値段の靴、男もののジャケット、白い肌。結婚指輪。

「ちぇっ」と彼は悪態をつく。

そして男は出ていく。

通りに出たアデルは呆然としている。怒りでからだが震える。すでに日が暮れている。アデルはイヤホンを耳に突っこむ。スーパーマーケットに入り、空っぽのカゴを持ったまま、棚から棚へとさまよう。食べることを考えただけで嫌気がさす。何も考えずにカゴに次々と入れてレジの列につく。イヤホンは外さない。自分の番が来ると、ボリュームを上げる。アデルは若いレジ係の擦り切れた指なし手袋、マニキュアの剥がれた爪を観察する。もし話しかけられたら泣いてしまうだろう、と思う。しかしレジ係はアデルに何も言わない。挨拶をしない客に慣れているのだ。

歯車が狂ってきた。残酷なまでの不安が彼女の中に巣くっている。痩せこけて、文字通り骨と皮だけだ。通りは恋人たちの群れで覆われているような気がする。アデルは終始道を間違える。周囲を確かめずに通りを横切り、クラクションの音にビクッとさせられる。ある朝、家を出たところで、昔の愛人を見かけたことがあった。心臓が止まりそうになり、顔を隠すためにリュシアンを抱きあげた。目的とは違う方に向かって早足で歩いた。絶対に跡を付けられていると思い、何度も振り返った。

家にいるときには呼び鈴の音を恐れ、エスカレーターの中では足音に耳を澄ます。郵便物を監視する。紛失してしまって見つからない秘密の携帯を、一週間かけてようやく解約した。手放す決心がなかなかつかず、心をざわつかせている自分に驚いた。男たちが彼女を脅したり、彼女の生活を暴露したり、細かいことを言ってくることくらい想像できる。一箇所にとどまったままで、何をするにもゆっくりしかできない今のリシャールを獲物として包囲するのは簡単だ。男たちは彼を見つけだし、話をするだろう。アデルはアパルトマンから出かけるとき、いつも胃が締めつけられる。何か忘れ物をしたのではないか、彼の目につくところに証拠を置いてきてしまったのではないかと心配になり、引き返す。

「大丈夫？　何も必要ない？」

彼女は夫と息子にパジャマを着せた。ふたりに食事をさせた。義務を果たしたという気持ちと、求められたいという欲望を抱えて外へ急ぐ。グザヴィエがなぜ、今夜はレストランでの食事にこだわったのかわからない。彼女としてはカルディナル・ルモワンヌ通りで、部屋に着くなり服を脱ぎ、彼を憔悴させたかった。何も話さずに。

「タイ料理とロシア料理とどっちがいい？」

「ロシア料理、ウォッカを飲みましょう」とアデルは答えた。

グザヴィエは予約をしていなかったが、八区にあるこのレストランのオーナーをよく知っている。ここは実業家と娼婦たち、映画スターとモード関連のジャーナリストたちのたまり場だ。ふたりは窓際の席に案内され、グザヴィエはウォッカを一本注文する。ふたりで食事をするのは初めてだ。アデルは彼の前で食べるのを避けてきた。彼と一緒に食べるのを。

　彼女はメニューを開かないで、彼に任せる。「あなたを信頼しているから」彼女は小エビのサラダにはほとんど手をつけていない。それより大きな氷の塊の中に置かれたウォッカのボトルに触れながら指をかじかませている方がいい。喉が焼けるようにヒリヒリし、アルコールが空っぽの胃の中でぽちゃぽちゃ音を立てる。

「マダム、お注ぎしますので」

　ウェイターの男性がかしこまってテーブルに近づいてくる。

「それならあなたもわたしたちと一緒に座ったら」

アデルはクスクス笑いながら言い、グザヴィエは目を伏せる。彼女は彼を困らせる。ふたりには話すことなどない。アデルは頬の内側を嚙んで話のネタを探す。初めてグザヴィエがソフィーの話をする。彼女の名前と、子どもたちの名前も口にする。彼は恥じている、このままだとどうなってしまうのかわからないと言う。もう嘘はつけない、言い訳を見つけることに疲れていると言う。

「どうして彼女の話をするの？」

「頭の中にあるのに話さない方がいい？」

　グザヴィエは彼女をうんざりさせる。退屈させる。ふたりの関係はもう終わりだ。擦り切れた端ぎれでしかない。それを子どものようにふたりで引っ張っているだけ。彼は消耗しすぎた。

彼女はぴったりしたグレーのジーンズをはき、おろしたてのヒールの高いパンプスを履いている。ブラウスは大胆に胸元が開いている。下品だ。レストランを出るアデルの足はおぼつかない。生まれたばかりのキリンの子どものように膝が折れる。靴底が滑り、ウォッカのせいもあってヒールがグラグラする。グザヴィエの腕をどんなにしっかり摑んでも舗道でぐらつき、しまいには転んでしまう。通りがかった人が駆けつけて起こそうとするのを、グザヴィエが手で振り払い、自分で彼女を起こす。

彼女はバツが悪く恥ずかしい気もしているが、それでも冷たい水がほとばしる噴水のように笑っている。彼女はグザヴィエを近くの建物のエントランスホールに連れこむ。「やめろよ、どうかしているぞ」と彼が言うのを彼女は聞かない。彼のからだにまとわりつき、手のつけようのない湿ったキスで顔を覆う。彼はズボンのファスナーに置かれた彼女の手をどけようとする。ズボンを下ろそうとするのを止めようとするが、彼女はすでに膝をついている。彼は血走った目で、快楽と、誰かに見られるのではないかという恐怖を同時に味わっている。彼女は立ちあがると壁に背をもたせかけてからだをよじりながらきついジーンズを下ろす。彼が彼女の中に入ってくる。液状になって招き入れようとしている寛大なからだの中へ。彼女は潤んだ瞳で彼を見ている。恥じらいを演じ、感動しているふりをして、つぶやく。「愛してる、あなたを愛してる、わかってるでしょ」彼の顔を両手で包みこむと、指の下で彼が降参しているのがわかる。彼の良心が咎めていたとしても当然のことだと思う。笛のメロディにクラクラしているネズミのように、彼はこの世の果てまで彼女についてくるだろう。

「もう一つの人生も可能なのよ」彼女がそっと囁く。「わたしを連れていって」

彼は服を整える。とろけるような目で、頬を紅潮させて。

「また水曜に。ぼくの恋人」

水曜日、彼女はもう終わりにしましょうと彼に告げる。彼も、他のことも全て終わり。決定的な言い訳、誰も異を唱えることのできない理由を見つけて。妊娠しているとか、病気とか、リシャールに見つかってしまったとか。

彼女は彼に、新しい人生を始めるのだと言うつもりだ。

「こんにちは、リシャール」

「ソフィー？　どうしたの？」

　グザヴィエの妻が玄関口に立っている。

　濃い化粧をして、きれいな身なりで。バッグの持ち手を神経質に握りしめている。

「電話をしてから来るべきだったけれど、顔を見て説明したくて、電話ではこんな話をしたくなくて。あの、出直した方がよければ……」

「いや、大丈夫だよ、さあ、入って腰かけて」

　ソフィーはアパルトマンの中に入る。彼女はリシャールが座るのを手伝う。松葉杖を壁に立てかけ、彼の向かいにあるブルーの肘掛け椅子に腰かける。

「グザヴィエのことよ」

「どうした？」

「と、アデルのこと」

「アデル?」

「昨日、ディナーに友達を招いたの。約束の時間が過ぎてもみんなが来ないから、何かあったのかと思って携帯のメッセージを見ようとしたの」彼女は唾を飲みこむ。「色も機種もグザヴィエの携帯と同じなの。彼が入り口のテーブルの上に自分の携帯を置いていて、わたしはそれを手に取った。間違えたの、わざとじゃない、本当よ。絶対にそんなことは……。とにかく、読んだの。女性からのメッセージ。すぐに状況を理解できるようなわかりやすいメッセージ。その場では何も言わなかった。友達が来るのを待って、ディナーを振る舞って。とても楽しいソワレだった、誰も何も疑わなかった。みんなが帰ったあと、グザヴィエを問い詰めた。十分間、否定していた。女性の患者で、しつこくつきまとわれているんだって。名前さえ知らない、どうかしている女だって。それから、彼は全てを白状したの。吐きだすことでホッとしているように見えた。話し始めたら止まらなくなってしまったほどよ。自分を抑えることができなかったって、情熱なんだって。彼女に恋しているって」

「アデルに恋をしているって言うのか?」リシャールはせせら笑う。

「わたしの話を信じないの? メッセージを見たい? 持ってるのよ」

リシャールはソフィーが差しだした携帯にゆっくりと屈みこみ、子どものように音節ごとに区切ってメッセージを読む。「早く逃げだしたい。あなたなしでは息ができない。

水曜が待ち遠しい」

「ふたりは水曜に会う約束をしていたの。アデルの名前を出したのは彼の方からよ。相手が彼女だと言ったのは彼なの。彼がどんなふうに話すか、あなたも聞いたら……」

ソフィーはワッと泣き始めた。リシャールは彼女に早く帰ってほしい。今すぐに。彼女がいると考えることができない。彼女がいると痛みを感じることができない。

「彼はきみがここに来ていることを知っているのか？」

「まさか。彼には何も言ってないわ。言ったらどうかしてしまうわ。わたし自身だって、ここで何をしているのかわからない。ギリギリまで迷ったの、引き返しそうになったわ。あまりにばからしくて、あまりに屈辱的で」

「彼には何も言わないでくれ。何も。頼む」

「でも……」

「関係に決着をつけろと彼に言うんだ。時間をかけても断ち切れと。アデルにはぼくがこの話を知っていることを知らせてはならない。絶対にダメだ」

「わかったわ」

「約束してくれ」

「約束するわ、リシャール、約束する」

「もう帰ってくれ」

「もちろんよ。でもリシャール、わたしたちはどうすればいいの？　どうなるの？」

「ぼくたち？　どうにもならないよ。ソフィー、きみにはもう二度と会わない」

　彼は扉を開ける。

「ソフィー、哀れむならグザヴィエだ。彼を許してやってくれ。まあ、きみの好きにするといい、ぼくには関係ない」

子どもにとって折りたたみ式の携帯電話はとても楽しい。ぱかっと開けると光る。パチンと閉めて、指を挟んだりする。白い携帯を見つけたのはリュシアンだ。リシャールが頼んだものをアデルが買いに出かけているあいだのことだった。日用品専門店から彼女は電話をして来た。「ここには置いてないわ、スーパーにあるかもしれないから行ってみる」リュシアンは居間で折りたたみ式の携帯を手に遊んでいた。

「これは誰の携帯かな、チビちゃん。どこで見つけたの？」

「どこ？」子どもは繰り返す。

リシャールが携帯を手に取る。

「もしもし、もしもし、ママに電話してみようか」

リュシアンが笑う。

リシャールは電話を見つめる。古い携帯だ。誰かがここに忘れていったのだろう。遊びに来た友達が。ロレンヌか、ベビーシッターのマリアかもしれない。彼は携帯を開く。

待ち受け画面にリュシアンの顔が現れる。生まれたばかりで、アデルのセーターに包まれてソファで寝ている。リシャールは閉じようとする。

彼はこれまで一度も妻の持ち物を探ったことはない。アデルは彼に、思春期の頃、シモーヌがアデル宛の郵便物を開封し、ラブレターまで読む癖があったと話してくれた。アデルが学校で授業を受けているあいだに、母親が勉強机の引き出しを探っていたのだと。アデルがつけていた日記をベッドのマットレスの下に見つけたこともあった。母親はナイフの先を使って錠をこじ開け、その晩、夕食の時間に読みあげた。顎が外れるほど笑った。嘲笑的な涙を頰に流しながら。「ねえ、カデール、おかしくない？　おかしいったらないわよね」カデールは何も言わなかった。しかし、笑ってもいなかった。

リシャールは、このエピソードはアデルの性格の一部を示すものだと思っている。なんでもしまいこむ片づけ癖、錠に対する強いこだわり。妄想。彼は、そのせいで妻はベッドのすぐ横にバッグを置き、枕の下に黒いノートを潜ませて寝るのだと思っていた。

彼は携帯を見つめる。リュシアンの写真の上に、「未読メッセージ」とある。小さな黄色い封筒が点滅している。おもちゃを父親の手から奪おうとするリュシアンを振り切るように彼は腕をあげる。「電話、ちょうだいよ」リュシアンが喚く。「もしもし、ちょうだい！」

リシャールはメッセージを読む。最初のもの、次のもの、さらに次のものを。既読のメッセージも読む。連絡先を見返す。目もくらむような数の男の名前がずらりと並んでいる。

アデルはまもなく帰ってくるだろう。彼が考えるのはその一点だ。彼女が戻ってくる、彼女には知られたくない。

「リュシアン、この電話をどこで見つけたの？」

「どこ？」

「そう、どこ？　この電話はどこにあったの？」

「どこ」子どもは繰り返す。

リシャールはリュシアンの肩を摑み、叫びながら揺する。

「どこなんだ、リュリュ、この電話、どこにあった？」

子どもは父親の顔をじっと見つめ、口をとんがらせ、頭を下げて、ぽっちゃりした指をソファに向ける。

「そこ、下」

「下か？」

リュシアンは頷く。リシャールは手をついて床に屈みこむ。ギブスがフローリングにぶつかる。這いつくばるようにしてソファの下を見る。封筒、ピンク色の革の手袋、そして、オレンジ色の箱が落ちている。

ブローチ。

彼は松葉杖を摑み、ブローチの箱を自分の方に滑らせる。汗をかいている。痛い。

「リュシアン、おいで、遊ぼう。パパが這いつくばっているのが見えるだろう。トラックで遊ぼうか。パパと遊びたいだろ？」

彼は彼女と一緒に寝る。彼女が食べるのを見る。シャワーを浴びている音を聞く。彼女の服装について、匂いについてコメントする。わざと苛立った声を出して言う。「誰と会っていたんだ？　何をしていたんだ？　ずいぶん帰りが遅いんだな」引っ越しの荷造りを週末まで待つのを拒否する。彼にはそれが彼女を苛立たせるとわかっている。細心の注意を払っていても、いつか一枚の書類、一つの証拠、何かの誤りが見つかってしまうのではないかと彼女が毎日恐れているのを彼は知っている。彼は田舎の家の契約書にサインをし、アデルは書類に略署名をした。彼は引っ越し業者を頼み、手付け金も支払った。リュシアンの転園手続きも済ませた。

彼は見つけたことについて何も言わない。

彼女が身支度をする寝室に入っていき、首の付け根に引っ掻き傷があるのを見つける。肘のすぐ上の青あざ、腕を摑んで長々と押し続けたような親指の跡。半開きのドアの後ろから松葉杖を摑む手を強ばらせ、青白い顔をしている。彼女がグレーの大きなバスタオルでからだを包み、幼い少女のようにショーツをはく姿を見る。

夜、彼女のすぐ近くにからだを横たえ、彼は妥協しようかと考える。話し合って和解しようかと。昔、両親に起こったことを思いだす。誰も口にすることはなかったが、家族全員が知っている話。父親のアンリは近くの街に小さなアパルトマンを借りて、毎週金曜の午後になると当時三十歳の若い女性と会っていた。母親のオディーユはそれを見つけた。両親はキッチンで話し合っていた。正直で、感動的でさえある告白を、とぎれとぎれではあったけれど、思春期のリシャールは勉強部屋から聞いていた。子どもたちの幸せを考えて、世間体を保つために、ふたりは和解した。アンリはその部屋を手放し、オディーユは勝ち誇ったように、威厳を持って、家族の懐へ夫を迎え入れた。

リシャールは何も言わない。彼には告白する相手がいない。寝取られ夫に、ナイーブな夫に向けられる視線に耐えられない。誰のものであれ忠告など聞きたくない。とりわけ同情されるなんてまっぴらだ。

アデルは世界を切り裂いた。家具の脚をのこぎりで切り刻み、鏡に傷を付けた。物事の味わいを台無しにした。思い出や約束、こうしたこと全てにもうなんの価値もない。彼らの人生はもはや口先でしかない。彼女に対して以上に、彼は自分自身に心底嫌気がさしている。何もかもが違って見える。全てが悲しく、汚い。何も口に出さなければ、ひょっとするとこんな関係でも続けられるのかもしれない。あれだけ苦労して築きあげた土台だが、そんなことはもうかまわない。安定した人生、聖なる誠実さ、忌まわしい透明性など、どうでもいい。彼が黙ってさえいれば、続けていけるのだろう。目をつむっていれば。そして、眠っていれば。

しかし水曜が来ると彼はがまんができなくなった。十七時、アデルからメッセージが届く。締め切りの最終編集でばたついているので遅くまで仕事をすることになると。彼は何も考えずに返信する。「帰ってこい。痛くてたまらない。きみが必要だ」彼女は答えない。

十九時、彼女はアパルトマンの扉を開ける。充血して赤くなった目をリシャールの視線と合わせるのを避け、イライラした口調で言う。

「どうしたの？　すごく痛むんでしょ？」

「ああ」

「薬は飲んだのね？　わたしに何ができるの？」

「何にもないよ、全くない。ただきみに横にいてほしかったんだ。一人でいたくなかった」

彼は両腕を広げて、ソファの隣に座るよう示した。彼女がからだを硬くし、冷たい表情で彼に近寄ると、彼は彼女を腕に抱き、首を絞めそうになる。彼女が震えているのがわかる、空を見つめているのが。彼は怒りに燃えながら彼女を腕に抱きしめる。お互いの腕の中にいながら、それぞれが他の場所に行きたいと思っている。彼らの嫌悪感は混じり合い、見せかけの優しさは憎しみの顔を見せ始める。彼女は彼の手を解いて自由になろうとするが、彼は腕に力を込める。彼女の耳元で囁く。

「ブローチを一度もつけないんだね、アデル」

「ブローチ?」

「きみにプレゼントしたブローチだよ。一度もつけていない」

「あなたが事故に遭ってから、そんな機会なかったじゃない」

「つけてくれよ、アデル。ブローチをつけてくれたら本当に嬉しいよ」

「今度外出するときにつけるわ、約束する。明日、仕事に行くときにつけてもいいし。ねえ、立たせてよ、リシャール。夕食の支度をしなきゃ」

「ダメだ、座ってろ。ここにいるんだ」彼が強く命令する。

彼は彼女の腕を摑み、指でぎゅっと締めつける。

「痛い」

「こうされるのが好きじゃないのか?」

「何言ってるの？」

「グザヴィエはこうしなかったのか？　ふたりでこんな遊びをしたんだろう？」

「なんの話？」

「ああ、やめてくれよ。きみにはぞっとさせられる。できることなら殺してしまいたいよ。アデル、きみの首を絞めてしまいたいよ」

「リシャール」

「黙れ、黙れって。おまえの声を聞くと反吐が出そうだ。匂いも。ただの動物、化け物だ。おれはなんでも知っているんだ。全て読んだ。おぞましいメッセージ。メールも全部読んだ。話が見えたよ。頭の中でイメージが次々と浮かんだ。おまえがおれについた嘘と一つ残らず結びついた」

「リシャール」

「やめろ！　おれの名前を気安く呼ぶな」彼が喚く。「なぜだ、アデル。なぜなんだ？　おれに対する敬意なんか全くないんだな。おれたちの人生に対して。息子に対しても……」リシャールは泣き始める。震える手を目頭に置く。アデルは立ちあがる。すすり泣く彼を見て凍りつく。

「あなたに理解してもらえるかわからないけれど。もしわたしの言うことを信じてくれるなら。あなたを傷つけようなんて思ったことない、リシャール、これまで一度でもそんなこと思ったことない。本当よ。自分でもどうにもできないの。自分の力ではどうすることもできないの」

「自分ではどうにもできないだって？　何を聞かされるかと思ったら。誰が知ってる？」

「誰も知らないわ、信じて」

「もう嘘はつくな！　どれだけひどいことをしたのかわかってないのか！　嘘は言うな！」

「ロレンヌ」彼女はつぶやく。「ロレンヌだけ」

「もう何も信じない。一切、信じない」彼は松葉杖を摑んで立ちあがろうとするが、あまりに興奮しているために足が震えてよろよろとソファに倒れこんでしまう。「おれにとって一番耐えがたいことがなんだかわかるか？　おまえに頼ってることだよ。出ていけとさえ言えない。おまえをひっぱたくために立ちあがることさえできない、おまえの持ち物を捨てることさえできない。犬みたいなおまえをしっしっと外に追い払うことさえできない。泣いているのか？　泣くがいい、おれは何もできない。これまでおまえの涙を見ることに耐えられなかったおれだが、おまえの目をくり抜いてやりたい。なんてことをしてくれたんだ。なんでこんなことをしてくれたんだ？　おれはただのアホか、寝取られ男か、惨めなやつだ。一番辛いのはなんだと思う？　黒いノートだよ。おまえの書斎にあるやつだ。読んだよ、退屈な生活、クソみたいなブルジョワの生活について書いたやつさ。男たちの大群と寝るだけ寝て、その上、夫婦で築いてきたことをことごとく見下してやがる。おれが作りあげてきたことの全てを、おれが、おまえに何不自由させないために汗水垂らして働いてきたっていうのに。おまえが何も心配しないでいいように。おれにも夢があるって考えたことないのか？　今の生活以上のもの。おれには夢も、逃避願望もないと思っているのか？　おれは、おまえが言うように、ロマンチックになることなんかないと思うのか？　いいよ、泣いてろよ。くたばるまで泣いてろ。どんな言い訳を見つけることができたとしても、おまえは売女（ばいた）だ、アデル。人間のクズだ」

アデルは壁に寄りかかりくずおれる。しゃくり上げるように泣く。

「何を考えているんだ、え？　この状況から抜けだせるとでも思っているのか？　おれがわかっていないとでも言うのか？　嘘というのは必ずつけが回ってくるものだ。おまえはそのつけを払うんだ。パリで一番優秀な弁護士を雇う。おまえから何もかも剝ぎ取ってやる。おまえには何も残らない。リュシアンと一緒にいられると思ったら大間違いだぞ。息子に会うことは二度とないと思え。アデル、おれは本気だ。息子とは引き離す」

セックスをするとき、男たちは自分の性器を見る。両腕でからだを支え、頭を屈めて、自分の竿が女性の中に入っているのを観察する。しっかり機能していることを確かめて安心する。男たちは数秒のあいだ、とてもシンプルで効果的なこの動きを味わい、この仕掛けでおそらくオルガスムに達する。アデルはこの自己観察にある種の興奮が存在することを知っている。彼らが眺めているのは単に彼らの性器だけでなく、自分自身なのだ。

アデルは幾度となく宙を見つめてきた。何十という天井を観察し、モールディングの渦巻き状の装飾を目で追い、シャンデリアの揺れに合わせてからだを動かしてきた。仰向けになって、横向きになって、男の肩に両脚を乗せて、アデルは視線を上に向けていた。鱗（うろこ）のように剝がれたペンキのひび割れを観察し、水漏れの染みを見つけ、かつては子ども部屋だったことのある居間の天井のプラスチックの星を数えた。何時間ものあいだ、彼女は天井の虚空に目を凝らした。時折、物影やネオンの光が目に入ると、それは彼女にとって気晴らしとなった。

リュシアンのバカンスが始まってから、アデルは菩提樹の小道にマットレスを敷く。ピクニックの用意をして、木陰でお昼寝をする。リュシアンは彼女にからだをくっつけて寝る。明日も外でお昼寝しようね。空を見上げ、葉っぱのかすかな動きに目を細め、アデルは約束する。

「クリスティーヌ、クリスティーヌ、ちょっと来てもらえますか」リシャールが大きな声を出す。

フクロウのような顔をしたブロンドの秘書が部屋に入ってくる。

「すみません、先生。マダム・ヴァンスレのカルテを探していたんです」

「妻に電話をしてみてくれないか。繋がらなくてね」

「お宅にお電話すればよろしいですか？」

「ああ、頼むよ、クリスティーヌ。彼女の携帯にもかけてみてくれるかな」

「外出なさっているかもしれませんね。こんなに良いお天気ですから……」

「かけてみてくれ、クリスティーヌ、よろしく」

リシャールの診察室は街の中心のクリニックの二階にある。赴任してから数ヶ月のあいだ、ロバンソン医師は献身的で親身で優秀な仕事ぶりで患者たちを魅了してきた。週に三日診察し、木曜と金曜の午前中を手術にあてている。

午前十一時。ことさら忙しい朝だった。リシャールは、幼いモンソー少年の母親には伝えていないが、彼の容態はかなり危ぶまれる。こうしたことについては勘が働く。ムッシュー・グラモンは長椅子から離れようとしなかった。リシャールが自分は皮膚科医ではないと何度繰り返しても、医者なんてみんな泥棒だ、自分の症状なら自分の方がよくわかっていると主張しながら、彼はホクロを見せようとした。

「先生、奥様と繋がりません。先生にお電話をくださるようメッセージを残しておきました」

「電話に出ないって、どういうことだ？　そんなことあり得ない！　くそっ」

フクロウのような顔をした秘書はまん丸の目をくるくるさせた。

「そうだったのですか、そうとは知らず……」

「すまない、クリスティーヌ。昨夜眠れなくて。ムッシュー・グラモンに堪忍袋の緒が切れてしまって。自分が何を話しているのかわからない。次の患者を呼んでくれ。手を洗ってくる」

彼は洗面台に屈みこみ、冷たい水に手を晒す。洗いすぎのせいで肌は乾燥し、小さなかさぶたに覆われている。石鹸を泡だて、両手を絡ませながら執拗に、神経質に洗う。

診察室の椅子に腰かけ、肘掛けに両腕を乗せ、両脚を伸ばす。ゆっくりと膝を曲げてみる。事故から半年経った今も、まだ治りきっていないと感じる。みんなはわからないと言っても、自分では足を引きずっていると自覚している。歩くのもゆっくりで、足元はおぼつかない。夜は走っている夢をみる。犬がみるような夢。

目の前に座った患者の話がほとんど耳に入らない。不安げな五十代の女性。頭頂部が薄くなっているのを隠すためにシニョンにまとめている。診察台に横たわらせ、両手を腹部に置く。「ここは痛みがありますか?」「安心してください、どこも悪いところはありませんよ」と言ったとき、彼女が失望したのに彼は気づかない。

十五時、彼はクリニックを出る。ジグザグの道を猛スピードで走らせる。家の入り口で車は砂利の上を横滑りする。二度やり直さなければならない。バックしてその勢いでいつもの場所に車を停める。

アデルは草の上で寝ている。リュシアンが横で遊んでいる。

「何度も電話しているのに、どうして出ない?」

「ふたりで寝こんでしまったのよ」

「何かあったのかと思ったよ」

「何もないわよ」

彼は手を伸ばして彼女が起きあがるのを手伝う。

「彼らがディナーに来るのは今夜だね」

「ああ、そうだわ。キャンセルしたくない？　家族だけでゆっくりしましょうよ、その方がずっといいわ」

「ダメだよ、こんなギリギリにキャンセルするなんて。そんなことできないよ」

「じゃあ買い物に連れていって。あそこまでとても歩けないわ。遠すぎて」

彼女は家の中に入っていく。彼は彼女が扉を閉める音を聞く。

リシャールは息子に近寄る。巻き毛の髪に手をやり、腰を摑む。「今日はママと一緒だったのかい？　何をしたのか、話してごらん」リュシアンは父親の腕から逃れようとし、答えない。しかしリシャールはしつこく繰り返す。小さなスパイを優しく見つめて、質問する。「ふたりで遊んだの？　お絵かきをしたのかな？　リュシアン、何をしたか話してごらん」

アデルはミラベルの木陰にテーブルをしつらえた。テーブルクロスを二回取り替えて、庭に咲いていた花を摘んで作ったブーケを真ん中に飾った。キッチンの窓を開け放っていても室内の空気は燃えるように暑い。リュシアンは母親の足元で地べたに座っている。母親は息子に小さなまな板とプラスチックのナイフを与えて、彼は茹でたズッキーニを小さく切って遊んでいる。

「アデル、着替えないの？」

アデルは花模様のブルーのワンピースを着ているが、背中は細いストラップが交差しているだけで、痩せぎすの肩と腕をあらわにしている。

「タバコを買ってきてくれた？」

リシャールはポケットからタバコの箱を取りだす。開けて一本のタバコをアデルに差しだす。

「ぼくが持っているよ」彼はズボンのポケットをポンポンと叩きながら言う。「吸い過ぎないように」

「ありがとう」

リシャールがキッチンの外壁にぴったり沿うように造らせたベンチに並んで腰かける。アデルは何も言わずにタバコを吸っている。リュシアンは自分で刻んだズッキーニを地面に丁寧に植えている。ふたりはヴェルドン家を眺めている。

春のはじめ、丘の方から一組のカップルがやってきた。最初は男性が家を見るために何度も行き来していた。小さな書斎の窓から、アデルはその男性が庭師のエミールと、不動産屋のムッシュー・ゴデと、そして改装工事の業者たちと話すのを見ていた。日焼けした肌の、スポーツマンのような体格の五十代と思(おぼ)しき男性。鮮やかな色のセーターを着て、このために買ったに違いない新しいビニール長靴を履いていた。

ある土曜日、それまではロバンソン家しか使っていなかった小さな坂道にトラックが停まった。アデルとリシャールはベンチに座って、そのカップルが家具や荷物を運び入れる様子を眺めた。

「パリの住人だな。週末しかここにはやってこないよ」とリシャールは確信を持って言った。

日曜の午後、彼らに挨拶に行ったのはリシャールだった。リュシアンの手を引いて通りを横切り、自己紹介をした。お役に立てることがあればと申し出た。時々、家の様子を見ましょう。気になることがあればお電話をしますよ。そして立ち去り際にリシャールはふたりをディナーに誘った。「こちらに来る週末の予定が決まったら知らせてください。お越しいただけたら、妻もわたしもとても嬉しいです」

「ふたりの仕事はなんなの？」

「彼は眼鏡商だと思う」

ヴェルドン夫妻が通りを横切ってやってくる。妻はシャンパーニュのボトルを手にしている。リシャールが立ちあがり、アデルの腰に手を回してふたりに挨拶する。リュシアンが母親の足にしがみついた。彼女の腿に鼻を押しつける。

「こんにちは、チビちゃん」女性が子どもに屈みこむ。「あなたは挨拶してくれないの？　わたしはイザベルよ。あなたのお名前は？」

「恥ずかしがり屋で」アデルが謝る。

「気にしないでください。わたしにも子どもが三人いますからよくわかります。子どもは小さいうちが花ですね。うちの子どもたちはパリを離れようとしないんですよ。年老いた両親と週末を過ごすなんておもしろくないんでしょうね」

アデルはキッチンに戻る。イザベルが一緒に行こうとするのをリシャールが引き止める。「こちらにお座りください。妻はキッチンに入られるのが好きじゃなくて」

アデルはみんながパリの話をする声を聞いている。十七区にあるニコラ・ヴェルドンの眼鏡店、広告代理店で仕事をするイザベルの話。彼女は彼より年上のようだ。話し声が大きくて、よく笑う。ここは田舎で、しかも真夏だというのに、エレガントな黒いシルクのブラウスを着ている。イヤリングまでつけている。リシャールがロゼワインを注ごうとすると、優雅にひらりとグラスの上に手をかざす。「もう遠慮しておくわ。酔っ払ってしまいそうだから」

リュシアンがちょこちょこと後をついてくるが、アデルも彼らと一緒に腰かける。

「リシャールから聞きましたよ、田舎に住むためにパリを離れてきたそうですね」とニコラは興奮して言う。「ここの生活はいいですね。土があって、石や木々があって、何もかもが本物だ。わたしが引退したらほしいと思っているものが全てある」

「確かにこの家は素晴らしいですよ」

みんなそろって、リシャールが二本ずつ向き合うように植えさせた菩提樹の小道を眺める。葉と葉の隙間から降り注ぐ木漏れ日が、ミント水のような色になって庭に映っている。

リシャールが自分の仕事について語る。彼の言うところの、医学的な立場から見る将来的な展望。患者のこと、愉快で感動的な出来事、アデルにはあえて聞かせようとしない類の話。アデルは目を伏せて聞いている。彼女は早くふたりが帰ってくれればいいと思っている。夜の涼しい空気の中、夫とふたりになりたい。たとえ何も話さなくても、たとえ少し険悪なムードだとしても、テーブルに置かれたワインのボトルをふたりで飲み終えたい。その後、別々に寝室に上がっていって、そして眠りたい。

「アデル、お仕事は?」

「今はやめてしまったけど、パリでジャーナリストをしていたの」

「それで物足りなくないの?」

「週に四十時間働いてベビーシッターと同じ給料では、うらやましくもないでしょう」

とリシャールが遮る。

「タバコちょうだい」

リシャールはズボンのポケットからタバコを取りだしてテーブルに置く。彼はすでにかなり飲んだ。

四人は食欲を感じぬまま食べている。アデルは料理が苦手だ。招かれたふたりがどんなにお世辞を口にしても、肉は焼きすぎ、野菜は味も素っ気もないと、アデル自身もわかっている。イザベルは顔を引きつらせ、喉を詰まらせるのが怖いのかおそるおそる噛んでいる。

アデルはひっきりなしにタバコを吸う。そのせいで唇は青みがかっている。ニコラがこう質問すると、アデルは眉を吊りあげる。

「ところでアデル、ジャーナリズムの世界にいた人間として、今のエジプトの状況をどう思いますか?」

彼女は彼に、今は新聞さえも読まない、とは言わない。テレビもつけることがない、とは言わない。映画を観ることとさえ諦めたことも彼には言えない。彼女はラブストーリーやセックスシーン、裸体を目にするのが怖くて仕方ないのだ。世の中の動きを直視するには神経質になり過ぎている。

「わたしはエジプトの専門家ではないから。逆に……」

「それに反して」とすかさずリシャールが訂正する。

「そうね、それに反して、チュニジアについてはたくさん仕事をしたわ」

会話は平坦になり、切れ味が鈍り、テンポが遅くなる。知らない者同士が安心して口にできる話題が出尽くしてしまうと、話すことがほとんどなくなってしまう。フォークの立てる音と飲みこむときに喉から出る音だけが聞こえる。アデルはタバコをくわえ、両手に皿を持って立ちあがる。

「大自然というのは疲れますね」ヴェルドン夫妻は三回同じことを冗談めかして言って、砂利道に立って大きく手招きをするリシャールに促されて帰っていく。リシャールは、この退屈なカップルにはどんな秘密や家族の亀裂が隠されているのだろうと考えながらふたりの後ろ姿を見ている。

「ふたりをどう思った?」彼がアデルに尋ねる。

「さあ、いい人たちじゃない」

「彼の方は? 彼のことはどう思った?」

アデルは流しに視線を落としたままでいる。

「言ったでしょ。いい人たちだと思うって」

アデルは寝室に上がる。窓からヴェルドン夫妻が鎧戸を閉めるのを見る。彼女は横になり、そのままの姿勢で動かない。彼を待っている。


ふたりは一度として寝室を別にすることはなかった。夜、アデルは夫の息遣い、いびき、夫婦の日常生活の一部を成す音を聞く。彼女は目を閉じ、からだを縮ませる。顔はベッドの端っこに、手はベッドの外にだらりと下げ、動こうとしない。膝を伸ばしたり、腕を差しだしたり、寝ているふりをして夫の肌に触れることもできるだろう。しかし彼女は動かない。うっかりだとしても触れてしまったとしたら、夫は怒るだろう。考えを変えて、彼女を追い出すだろう。

夫が寝ているのを確かめると、アデルは寝返りを打つ。そして夫を見る。全てがもろく感じられるこの寝室の、揺れるベッドの上にいる彼を。今となってはいかなる仕草も、どんな行為も、罪のないものとはみなされない。激しい恐怖と巨大な喜びをはらんでいる。

リシャールはインターン時代にピティエ・サルペトリエール大学病院の救急外来で研修をしたことがある。「ここでは学ぶことが多い。医学と、そして人間の本性について」と言われるタイプの研修だ。リシャールは主にインフルエンザにかかった患者、自動車事故の犠牲者、暴力の被害者、自律神経失調症にかかった患者を診た。彼は非凡なケースを扱えると思っていたが、研修は極めて退屈なものとなった。

ある晩、救急外来に運ばれてきた男のことをよく覚えている。ズボンが排泄物で汚れているホームレスだった。白目を剝き、口角には泡がたまり、からだは震えていた。

「彼は痙攣しているのでしょうか」リシャールはチーフに尋ねた。

「いや、禁断症状だ。アルコール依存症患者に見られる、精神が極度に不安定な状態だ。手足の震えを伴う」

飲むのをやめると耐えがたいほど暴力的な禁断症状に見舞われる。「アルコールをやめて三日から五日経つと、患者は鮮明な幻覚をみる。視覚的なもので、蛇やネズミなどの小動物と関連していることが多い。完全に途方に暮れ、妄想型の幻覚に陥り、興奮状態にとらわれる。声を聞く者もいれば、癲癇（てんかん）の発作に襲われる者もいる。手当てをしないと突然命を失うこともある。発作は夜中にひどくなることが多いため、患者には付き添いが必要だ」

　頭を壁に叩きつけ、何かを追い払うように空で腕を振り回すホームレスを、リシャールは一睡もせずに診ていた。彼が痛い思いをしないように見守り、鎮静剤を服用させた。顔色ひとつ変えずに、リシャールは排泄物のついたズボンを切り刻み、ホームレスのからだを拭いた。顔を洗い、反吐で乾燥したヒゲも剃った。お風呂にも入れた。

　リシャールはホームレスがわずかに残された理性を取り戻している朝のうちに説明をしようとした。「治療を途中で投げだしてはいけません。非常に危険です、あなたもよくわかっているでしょう。もちろん選択肢がなかったのだと思いますが、しかし、あなたのようなケースの方たちには、それなりの治療方法というものがあるんです」男はリシャールを見なかった。紫がかり、むくんだ顔、黄疸（おうだん）に覆われた目。彼は時折、まるでネズミでも背中を走ったかのようにからだをぶるっと震わせた。

　十五年、治療にあたってきた今、ロバンソン医師は人間のからだを知っていると言える。意志をくじかれるものは何ひとつない、恐れさせるものも何ひとつないと。彼はサインを見抜き、兆候を裏付ける。解決法を見つける。痛みを推し量ることもできる。「痛みの度合を一から十の段階に分けると、あなたの痛みはどの辺ですか?」と患者に訊いて。

アデルについては、症状のない病を抱えた患者と暮らしてきたような気がしている。蝕んでいくが名前のない、休眠中のがんを患った人と隣り合わせに生きているような思いだ。田舎の家に引っ越したとき、彼は彼女が再発するのを待った。症状が現れるのを。薬を取り上げられた中毒患者なら誰もがそうなるように、彼女も理性を失うはずだと確信し、それに備えていた。彼女が暴力的になったとき、彼をめった打ちしそうになったとき、真夜中に喚き始めたとき、どうすればいいかわかっていると思っていた。彼女が自分の皮膚を傷つけたり、爪にナイフの先を押しこんだりしたときに。彼は科学的に考えて行動し、薬を処方しようと思った。そうして彼女を救おうと思っていた。

彼女と対立したあの夜、彼は身ぐるみ剝がされたような思いだった。先のことについては何も決めなかった。ただひたすらこの重荷を追い払ってしまいたかったし、彼女が目の前で崩れていくのを見ていたかった。ショックを受け、呆然として、アデルの受け身の態度に怒りを覚えていた。彼女は言い訳をしなかった。一度として否定しようとしなかった。まるで、秘密を暴かれてホッとして罰を受けようとしている子どものようだった。

彼女は自分のためにワインを注いだ。タバコに火をつけて言った。「あなたの言う通りにする」そして口ごもって言った。「土曜日はリュシアンの誕生日」そして彼は思いだした。オディーユとアンリがパリにやってくることを。クレマンスと、いとこたちと、他にもたくさんの友達も。数週間前から決まっていたことだった。今さら全てをキャンセルする勇気は彼にはなかった。人生が目の前で崩壊しつつあるときに、こうした恒例行事を敢行することにどんな意味があるだろう、ばからしいと思った。しかし彼は救命ボートにでもしがみつくように、この誕生日パーティにすがりついた。

「とりあえずお祝いして、それから考えよう」彼は彼女に指示を出した。怒ったり泣いたりする彼女は見たくなかった。彼女は常に微笑みをたたえ、楽しげで、完璧でいなければならなかった。「きみは人の目を欺くことに、それはそれは長けているからね」彼は、誰かがこのことを知っていて、口には出さずにいると思うだけでとてつもない不安に襲われた。もしアデルがこの家を出ていくことになれば言い訳を見つけなければならない。平凡なシナリオをでっち上げなくてはならない。お互いを理解し合えなくなった、それだけ。彼は彼女に誰にも何も言わないと誓わせた。そして彼の前ではロレンヌの名前を口にすることを禁じた。

土曜日、ふたりは口を閉ざしたまま風船を膨らませた。アパルトマンに飾り付けをし、興奮しきって部屋から部屋へと走り回るリュシアンをどなりつけないようにリシャールは超人的な努力をした。午後から飲み続けている息子を見て「子どもたちのおやつの時間なのに！」と言って驚いているオディーユに口答えさえしなかった。

リュシアンは幸せだった。新しいおもちゃに囲まれて十九時には服を着替えないまま寝こんでしまった。ふたりきりになった。アデルは彼に近寄り、微笑み、目を輝かせて言った。「うまくいったわね、そう思わない？」ソファに横たわり、リシャールは彼女が居間を片づけているのを見ていた。彼女の冷静さが彼には化け物のように映った。彼はもう彼女のことが耐えられなかった。ちょっとした仕草にも苛立った。髪の毛を耳にかける。舌を下唇に乗せる。流しに汚れた皿を乱暴に投げ入れる。タバコをひっきりなしに吸う。こうした彼女の一挙手一投足や癖に、もはやなんの魅力も感じられなかった、なんの興味も持てなかった。彼女を殴りつけたかった、彼女が消えるのを見たかった。

リシャールは彼女に近づき断固とした口調で言った。「自分の持ち物を集めろ。出ていけ」

「なんですって？　今すぐ？　リュシアンは？　さよならも言ってないわ」

「ここから出ていけ」彼は唸るように言った。

彼は松葉杖で彼女を叩き、寝室まで引きずっていった。決然とした目で、押し黙ったまま彼女の服を大きな紙袋の中にバラバラに投げこんだ。バスルームに行き、化粧品や香水を一気に布袋の中に滑らせた。初めて、彼女は懇願した。彼の膝にすがりついた。涙で腫れた顔で、嗚咽に喘ぎながら、彼らなしでは生きていけないと白状した。息子を失ったら生きてはいけないと。許してもらえるならなんでもすると。自分も治りたいと望んでいるのだと。リシャールのそばにいられるチャンスをもう一度もらえるならなんでも差しだすと。「もう一つの人生は、わたしにとってなんの意味もなかった。本当に何も」彼女が愛していたのは夫だと。男たちの誰一人として彼女にとって大切だった人はいないと。生きていく上で大事なのはリシャール一人だけだと。

彼は彼女のことを道端に捨てることもできると強く信じていた。お金も仕事も、頼るものが何もなければ、彼女は母親の暮らすブローニュ＝シュル＝メールのみすぼらしいアパルトマンに行くしかない。リュシアンから訊かれたら、「ママは病気なんだ。よくなるために、ぼくらから離れたところで暮らさなくてはならないんだよ」と答えることも自分には可能だと感じていた。しかし彼にはできなかった。開けたくても扉を開けることができなかった。彼女を自分の人生の外に追いやることができなかった。彼女がどこか他のところで生きていける、そう考えることに耐えられなかった。まるで彼の怒りはそれだけではまだまだ解消されないかのように。こんな狂気の沙汰に発展してしまったこと、ふたりの身に起こったことを、理解したいと望んでいるかのように。

彼は布袋を床に投げつけた。懇願するような、罠にかかった動物のような彼女のまなざしを睨みつけ、すがりついてくる彼女を足で蹴って追いやった。彼女が砂袋のようにどさっと倒れこむと、彼は外へ出た。肌を突き刺すような寒さだったが何も感じなかった。松葉杖にしがみついて、ゆっくりとタクシー乗り場まで歩いた。運転手に手を借りて乗りこみ、ギブスをはめた足を伸ばした。リシャールは運転手にお札を渡し、走ってくださいと頼んだ。「音楽を消してもらえますか」タクシーはセーヌ河沿いを走り、右岸から左岸へ、左岸から右岸へと橋を渡り、終わりなきジグザグのドライブを続けた。彼は痛みに追われながら疾走している感覚を味わっていた。もし一瞬でも前進するのをやめたら苦痛に打ちのめされ、手足を動かすことさえできなくなり、息もできなくなるだろうと感じていた。運転手は最終的に彼をサン・ラザール駅の近くで降ろした。リシャールはブラッスリーに入った。ホールの席は賑わっていた。劇場から出てきたばかりの年老いた夫婦、やかましい旅行者、人生の新しい伴侶を探しているシングルアゲインの女たち。

リシャールは誰かに電話をすることもできただろう。友達の肩にすがって泣きつくことも。でも何をどうやって打ち明ければいいのか？　アデルはきっと、夫は恥をかきたくない一心で誰にも話さない、そう確信しているはずだと思えた。友達の同情を求めるよりむしろ体面を保つことを選ぶだろうと。彼女は、彼が寝取られ男、屈辱を受けた男と見られるのを恐れていると思っているはずだ。しかし実際のところは、彼は自分に注がれる視線など気にしていない。彼が怖いのは、他人が彼女についてあれこれ言うことだ。他人が彼女を追いこみ、追い詰めるやり方だ。彼の悲しみを誇張することだ。そして、もっとも恐れているのは、他人から決断を強いられることだ。確信ぶった調子で言うだろう。「こんな状態では、リシャール、彼女と別れるしかない」人に話すということは、物事を後戻りできなくさせることだ。

リシャールは誰にも電話をしなかった。たった一人で、何時間もグラスを見つめていた。あまりに長いこと見つめていたので、ホールから人が消えたことにも気づかなかった。午前二時、白いタブリエをつけた年老いたウェイターが、彼が勘定をして帰ってくれるのを待っていた。

彼は家に戻った。アデルはリュシアンのベッドで寝ていた。全てがいつもと変わらなかった。恐ろしいまでに普通だった。自分が生きていることさえ信じられなかった。

翌日、診断が下った。アデルは病気で、治療が必要だった。「誰か見つけよう。しっかりきみのことを診てくれる人を」二日後、彼は彼女をメディカル・ラボに連れていき、何十という種類の血液検査を受けさせた。全て良好という結果を受け取ったとき、彼は言った。「きみは本当にラッキーだった」

彼は彼女に質問をした。何千という質問。一分の休みも与えなかった。疑惑を裏付けるために、詳細を問い詰めるために、彼女を真夜中に起こした。強迫観念に取り憑かれているように、年月日、起こった偶然を知りたがり、情報の突き合わせをしたがった。彼女は繰り返した。「覚えていない、本当よ。わたしにとってはなんでもないことだったから」しかし彼はこうした男たちについても全て知りたがった。名前、年齢、職業、密会の場所。彼らのアバンチュールが何時間続いたのか、どこで再会したのか、何をしたのかまで。

彼女はいつも最終的には根負けし、真っ暗闇の中、彼に背を向けた格好で話をした。彼女の考えははっきりしていた。正確に、感情抜きに淡々と話した。時折彼女は性的な詳細について話すことがあったが、それは彼が止めた。彼女は言った。「そうは言っても、ただそれだけのことだから」彼女は彼に、とめどない欲望、抑制のきかない衝動、出口を見つけられない苦悩を理解してもらいたくて説明を繰り返した。しかし彼の頭にこびりついて離れないのは、愛人に会うために午後じゅう息子のリュシアンを放ってけたその神経。家族の予定をキャンセルするために、緊急の仕事をでっち上げ、郊外のみすぼらしいホテルで二日間丸々セックスしていたという事実だ。彼を怒らせ、同時に魅了さえするのは、彼女が嘘をつき、二重生活を送り、しかもそれをなんとも易々とやり遂げていたことだ。彼はまんまとだまされていたのだ。まるで粗野なマリオネットのように彼女に操られていたのだ。ひょっとしたら彼女は笑っていたかもしれない。腹にはまだ精液が残り、肌には誰かの汗を滲ませて帰宅したときに。ひょっとしたら愛人たちの前で、彼の真似をしたり、ばかにしたりしたこともあったかもしれない。「夫？　夫のことなら心配しないで。彼は何も気づかないわ」と言って。

彼は吐き気を催すまで記憶を呼び覚まそうとした。彼女が遅くに帰宅したとき、姿を消したとき、彼女はどんなふうに振る舞っていたかを思いだそうとした。どんな匂いを放っていただろう。彼に話しかけてきたとき、彼女はどんな息をしていただろう。男の息が混じっていなかったか。彼はサインを、証拠を、見たくなかったものを探した。しかし気にとまるものは何も見つからなかった。何も。彼の妻は見事なまでに完璧なペテン師だった。

彼が両親にアデルを紹介したとき、オディーユは息子の選択について非常に控えめな態度をとった。オディーユは彼自身には何も言わなかったが、彼はクレマンスから、母親が彼女について「計算高い」という言葉を使ったと知らされた。「息子にふさわしい女性ではないわ。取り澄ましていて」オディーユはずっとこの秘密めいた女性には注意をしてきた。彼女の冷たさ、母性の欠如が気にかかっていた。

しかし、田舎の学生で、恥ずかしがり屋で口下手な彼は、この女性を自分の腕の中から離さないようにと無我夢中だった。美しさだけでなく、彼女の佇まいに心を奪われていた。彼女に見つめられると、リシャールは大きく息を吸いこまずにはいられなかった。彼女の存在は痛みを感じるほど彼を埋め尽くしていた。生き生きとしている彼女を見るのが好きだった。ちょっとした立ち居振る舞いまで彼は熟知していた。彼女は口数が少なかった。同期の医学部の女性たちのように、噂話やくだらないおしゃべりに没頭することはなかった。彼は彼女を素敵なレストランに招待し、彼女が夢みていた街に連れていった。早々に両親に紹介した。一緒に住んでほしいと頼み、彼が一人でアパルトマン探しをした。彼女はよく言っていた。「こんなことをしてもらうのは初めてだわ」彼はそれを誇りに思った。そして彼女に、何もしなくていい、以前の男たちはしなかったことを自分はする、つまり彼女の面倒をみると約束した。彼女は彼にとって病のようなもの、狂気、理想の夢だった。別の人生だった。

「さあ、もう一度」

最初、彼女は目を閉じていた。そのせいでどうにもならなかった。極端にからだを強ばらせ、あまりにとげとげしい態度のせいで、彼は気が変になりそうだった。彼女を叩きつけ、道の真ん中に車を停めて、彼女を置き去りにしたいと思うほどだった。彼らはこれを土曜の午後と日曜日にも時々している。リシャールは辛抱強くしていなければならない。少女のような甲高い声で何度も何度も同じ質問をしてくるとき、彼は大きく深呼吸をする。彼女は腕を曲げ、背を丸め、目の前を凝視する。何もわかっていない。

「リラックスしろよ、全く。そんなふうにからだを屈めないで、少しはしゃんとしろよ。楽しみであって苦痛であってはダメなんだ」リシャールはイライラする。

彼はアデルの両手をとってハンドルに乗せる。バックミラーの位置を調整する。

七月のある午後、彼らは田舎の道を走らせている。リュシアンは後部座席にいる。アデルは膝上丈のワンピースを着て、裸足のままペダルを踏んでいる。外は暑くて通りには人っ子一人いない。

「見てみろよ、他に車が見えないだろう、心配する理由は全くない。もう少しスピードを出して」

アデルは後ろを振り返り、寝こんでしまったリュシアンを見る。しばし躊躇した後、乱暴にアクセルを踏む。車は暴走する。アデルはパニックに陥る。

「ギヤをトップに入れるんだ！ 車をダメにしてしまうぞ。この音、聞こえないのか？何してるんだ？」

アデルは突然ブレーキを踏み、しょんぼりした顔でリシャールを見る。

「信じられないよ、両手と両足を同時に使うことができない人みたいじゃないか。本当にどうしようもないな」

彼女は肩をすくめてみせると、突然笑い出した。リシャールは啞然として彼女を見る。彼女の笑い声を完全に忘れていた。急流のようにほとばしる笑い。頭をのけぞらせ、長い首をあらわにし、喉から湧き出すような音。両手を口にあてて目を閉じ、眉間にシワを寄せるせいで嘲笑的に、意地悪にさえ見えるこの不思議な笑い方を彼はすっかり忘れていた。彼女を抱きしめたい衝動に襲われる。突然のこの喜びを、彼らにぽっかりと欠けていた陽気さを、貪りたい。

「帰りはぼくが運転するよ。で、きみは真剣に講習を受けた方がいい。つまり、プロの教官について。その方が効果的だよ」

アデルは少しずつ運転が上手くなっていくが、彼は彼女が試験に合格してから車を買おうと決めていた。メーターをチェックし、ガソリンに使う予算も制限しないわけにはいかないだろうが、それでも彼女は車があれば近い距離の移動はできる。田舎の家に引っ越して来た当時、彼は常に彼女を監視していた。そうしないわけにはいかなかった。まるで犯罪者でも追うように尾行することさえあった。一日に何度も家の番号に電話をかけた。診察と診察のあいだに、突然カッとしてクリニックを飛びだし、ブルーの肘掛け椅子に座って庭を凝視している彼女の姿を確認して、またクリニックに戻っていった。

残酷な態度をとることもあった。権力を振りかざして彼女を貶めた。ある朝、彼女は彼に、クリニックに行く途中、街で降ろしてほしいと頼んだ。買い物をして、街をぶらぶらしたかったのだ。彼から話を聞いていたレストランで一緒にランチをしたかった。「待っていてくれる？　すぐに支度するから」彼女は着替えるために二階に上がっていった。彼女がバスルームの錠をかけると、彼は家を出ていった。彼女は着替えをしているあいだに、車が発進する音を聞いたはずだ。窓から車が遠ざかっていくのも見ただろう。夜、彼はそのことについて触れさえしなかった。彼はどんな一日だったかと訊いた。彼女は微笑んで答えた。「とても良い一日だったわ」

人がたくさんいる場所では、彼は自分からおかしな態度をとって、すぐあとで後悔する。彼女の腕を強く摑み、背中をつねり、周囲の人たちが居心地の悪い思いをするほどあからさまにアデルを観察することもある。彼女のどんな些細な動き、態度にもとやかく言う。唇の動きも読む。ふたりで外出することはめったにないが、ヴェルドン夫妻を招いたことには満足している。休み明けにはホームパーティを企画するだろう。同僚とリュシアンの友達の両親を呼んで、簡単な食事会を。

彼は常に疑惑を抱いていることに疲れている。自分の存在が彼女の自立の不十分さを埋めるためだけにあるとはもう考えたくない。家にもう少しお金を置いておこうと自分に約束する。リュシアンを連れて列車に乗り、カーンやブローニュ＝シュル＝メールの祖父母に会いに行くよう、彼女の背中を押す。人生で何がしたいかそろそろ考える時期じゃないか、とも彼女に言ってみた。

医師であれば誰もが警戒すべきことだが、彼は時折、非理性的な感情の昂りに、楽観的な考えに身を任せることがある。今、彼は自分は彼女を回復させることができる、彼女は自分のことを最後の頼みの綱と思っているのだと信じている。その前日、彼女は機嫌よく目覚めた。輝くばかりの陽気さだった。リシャールはアデルとリュシアンを乗せて街に出た。リュシアンのための買い物があった。車の中で彼女は店先のショーウィンドーを見て気に入ったワンピースがあると言った。彼女は今自分に残っているお金はいくらで、あんなワンピースを買うためにはもっと節約をしないと、と曖昧な理屈をぼそぼそと口にした。リシャールは遮って言った。「その金は好きに使えよ。言い訳はいいから」彼女はありがたがっているような、同時に少し途方に暮れたような顔をした。まるでこの不健全なゲームに慣れているように。

「彼女を幸せにする」父親のアンリが妻のオディーユについてこう口にしていたとき、それは簡単そうに思えた。それこそが人生の目的だと繰り返していたとき。家族を作り、彼女を幸せにする。市役所前の広場で、産婦人科の待合室で、引っ越しパーティで、誰もがリシャールはその成功の鍵を握っていると確信していたときには、それはシンプルなことに思えた。

オディーユはひっきりなしに、ふたりにはもう一人子どもが必要だと言っている。こんなに素敵な家は大家族のためにこそあるのだと。オディーユは彼らに会いに来るたびに、アデルのお腹に共謀めいた視線をやるが、彼女は頭を横に振る。リシャールは気詰まりを感じるあまり、何のことかわからないふりをする。

リシャールはアデルが、自分自身と自分の衝動から身を守れる新しい人生を送ることになるだろうと想像していた。拘束と習慣で作られる生活。毎朝、彼が彼女を起こす。ベッドでぐずぐずしてほしくない。暗黒の考えにとらわれないでいてほしい。過度な睡眠は彼女を腐敗させる。彼女がバスケットシューズを履き、舗装されていない道を走りだすのを見るまで彼は家を離れない。垣根の近くで彼女が振り返り、手を振るのを確認すると、彼は車を発進させる。

シモーヌは自分が田舎で育ったからだろう、田舎を毛嫌いしていた。娘には、田舎というのは荒廃した場所だと話して聞かせ、そのせいでアデルの目には、自然はいつ襲いかかってくるかわからない、飼い慣らす必要のある猛獣のように映っていた。リシャールにはあえて言わないが、彼女は田舎の道を走るのが、人気のない森に入っていくのが怖い。パリでは人通りの中を走るのが好きだった。街は彼女にリズムを、テンポを与えてくれた。ここではまるで誰かに追われているように必死に走る。リシャールは彼女が景色を楽しみ、小さな谷の静けさに、緑陰のハーモニーに感動してほしいと思っている。しかし彼女は決して足を止めない。肺をもぎ取られるような勢いで走り、こめかみをズキズキさせ、よくぞ気を失わなかったと自分でも驚くほど疲れ果てて帰宅する。バスケットシューズを脱ぐか脱がないかのうちに電話が鳴る。そして彼女はリシャールと話すために息を整える。

「体力を消耗させせよう」自分を鼓舞するために誓う。よく眠って目覚めた朝はそれができると信じられる。楽観的になって、計画も立てられる。しかし時間が経つうちに、少しずつ決意が蝕まれていく。精神科医は彼女に、喚いてみてくださいと助言した。アデルは笑った。「真剣に言っているんですよ。喚く、できるだけ大声で叫んでください」そうすることで安心できるはずだと言う。しかし彼女は一人きりでいても、どこにいようと、怒りを一掃することなどできなかった。叫び声を出すことも。

午後、リュシアンを迎えにいくのは彼女だ。村まで徒歩で行き、誰とも話さない。誰かと会っても顎で挨拶するだけ。村の人々の親密さは彼女を嫌悪で縮み上がらせる。他の母親たちから話しかけられるのがいやで、幼稚園の門の前では待たないようにしている。息子には、少し歩いたところにママはいるからねと説明している。「牛の銅像があるでしょ、あそこで待っているからね」

彼女はいつも時間より早く着く。大きなホールに面したベンチに腰かける。ベンチに誰かが座っているときには近くに立ち、冷ややかな顔をして、その人の居心地が悪くなって立ち去るのを待つ。リシャールの話では、ここは一九四四年、アメリカ軍が誤って爆撃した村だという。二十分足らずで村全体が地図から消された。建築家たちは建物を忠実に再建し、ノルマンディーの木組み造りも再現させようと試みたが、作為的な魅力にとどまっている。アデルは彼に、アメリカ空軍機は宗教的な理由から教会を爆撃しなかったのかと訊いた。「いや」とリシャールは答えた。「教会は他の建物より強固だっただけさ」

春が来ると、精神科医は彼女に外に出て過ごしなさいと繰り返した。庭いじりをして、花が育っていくのを見られるように種を植えなさいと助言した。エミールは庭の奥に菜園を作るのを手伝った。アデルはリュシアンと一緒に菜園でたっぷり時間を過ごす。息子はぬかるみの中を歩き、ソラマメに水をやり、土のついた葉を噛むのが好きだ。七月は始まったばかりだが、彼女は日が短くなり始めたのに気づかないわけにはいかない。一日一日暗くなる時間が少しずつ早まる空の様子を窺い、冬の到来を不安を抱えて待つ。絶え間なく雨の降り続く日々がやってくる。菩提樹は剪定(せんてい)を終えると、大きな死体のような姿を晒す。パリを離れるとき、彼女は全てを放り出してきた。もはや仕事も友達もお金もない。この家しかない。夏が幻想を抱かせ、冬に自由を奪われるこの家しかない。時折、彼女はガラス窓に嘴をぶつけ、扉の取っ手で羽を傷つける、慌てふためいた鳥のようになる。焦燥感を押し隠し、カッとしそうになるのを抑えこむことがますます難しくなる。それでも彼女は努力している。頬の内側を嚙み、不安に耐えるために深呼吸の練習をする。リシャールは彼女に、リュシアンに午後じゅうテレビを見させておくのを禁じているため、彼女は何か楽しい遊びをなんとかして見つけなければならない。ある晩、リシャールが帰宅すると、彼女が目を腫らし、真っ赤な顔をして居間の絨毯にへたりこんでいた。リュシアンがブルーの肘掛け椅子に付けた赤いペンキの染みを取ろうと午後じゅう拭いていたのだ。「あの子はわたしの言うことを聞かなかった。遊び方を知らないの」彼女は怒り、手を震わせて繰り返した。

「前回ここにいらしたとき、あなたは治ったような気がするとおっしゃっていましたね。それはどういう意味だったんでしょうか」

「わかりません」彼女は肩をすくめてみせた。

医師は口を閉じたままでいる。思いやりのある目を彼女に向けている。クリニックで彼女を初めて迎え入れた日、医師は、こうしたケースには慣れていないと言った。普通は行動療法、あるいはスポーツや会話によるグループ治療を勧めると言った。彼女は断固とした、険のある声で答えた。「問題外です。わたしには無理です。恥を晒すなんて、ある意味、卑劣に思えます」

彼女は、先生に診ていただきたいのです、先生に、と強調した。先生のことは信頼できそうなんですと言った。そして医師は意に反することではあったが、ブルーのシャツの中で漂っているような細くて青白い顔をしたこの女性に胸を打たれ、引き受けようと決めた。

「つまり、穏やかでいられるんです」

「あなたにとって治るとはそういうことですか？　穏やかでいられること？」

「はい。そうだと思います。でも、治るのは恐ろしいことでもあります。何かを失うことでもあるんです。わかりますか？」

「もちろん」

「治ったと感じる直前は、何をしていても常に怖かった。コントロールを失ってしまったかと思って。疲れ果てて、終わりにするしかなかった。でも、彼が許してくれることになるとは思ってもいませんでした」

　アデルの爪が布張りの肘掛けを引っ掻いている。外では黒い雲が乳首のような突起物を見せつけている。まもなく雷が鳴るだろう。彼女のいる場所からは側道と、リシャールが中で待っている車が見える。

「夫が全てを知った夜、わたしはものすごくよく眠れたんです。深い、疲れの取れる睡眠でした。目覚めると家の中は荒れ放題で、その様子を見てリシャールがわたしをどれほど憎んでいるか手に取るようにわかりました。それでも、不思議な喜びを感じました。ある種の興奮さえも覚えたんです」

「ホッとしたんですね」

　アデルは黙っている。怒り狂ったような雨が地面を叩きつける。午後のど真ん中に夜がやってきたように。

「父が死にました」

「そうでしたか。冥福をお祈りします。お父様は病気だったんですか?」

「いいえ、脳梗塞でした、昨夜、眠っているあいだに」

「寂しくなりますね」

「さあ、わかりません。父はあの家にいて幸せだったことはなかったので」

彼女は右手を頬にあて、肘掛け椅子にうずくまる。

「わたし、父の葬儀に行くんです。一人で行くんです。リシャールはクリニックを離れられないので。それに、リュシアンは死と向き合うのはまだ早すぎると言って。そもそも、夫は一緒に行こうかと提案もしてこなかったんです。わたしは行きます、一人で」

「こんなときに一人で行かせるリシャールを恨みますか?」

「いいえ」彼女は穏やかに答える。「嬉しいです」

リシャールは一度としてセックスを大事だと思ったことがない。若いときでさえ、限られた悦びを得るにとどまっていた。彼はこの「エクササイズ」をいつも退屈と感じていた。長いと感じていた。情熱的なコメディを演じることが自分には不可能と思っていたし、愚かにも、アデルは自分の淡白さをらくに感じていると思いこんでいた。インテリで洗練された女性なら誰でもそうであるように。彼女に与える全てのものに比べたら、セックスなんてなんでもないことだと思っていた。人前では時折、体面を保つために興味があるように振る舞った。そうすることで彼自身も少し安心できた。女の子のお尻についてて下品なコメントをしてみることもあった。友人たちに向かってアバンチュールをほのめかすこともあった。それでもあまり誇らしくは感じなかった。実際、そんなことを考えたことは一度もなかった。

彼はずっと父親になりたいと思っていた。自分を頼りにしてくれる家族、自分自身がこれまで受け取ってきたものを与えられる家族を持ちたいと望んできた。何よりもリュシアンを待ち望んでいた。妊娠するだろうかと思うと不安で仕方なかった。しかしアデルはすぐに、おそらく一回目の性交で新しい命を宿した。彼はそれが男らしさの証拠であるとみなすため、誇りに思っているふりをした。実際は、愛する人のからだを疲れさせずに済んだことでホッとしていた。

リシャールは復讐を考えたことなどなかった。すでに負けとわかっている戦いで均衡を取り戻そうなどと考えたこともなかった。一度だけ、女の子を送っていく途中でチャンスが訪れ、なんとなくその機に飛びついてしまった。自分が何を欲しているかもよくわからずに。

田舎のクリニックに落ちついて三ヶ月が経った頃、父親の薬局で研修をしているマチルダを紹介された。赤毛のロングヘアでニキビを隠している、オリーブ色の目の、ぽっちゃりとした体型の女の子。きれいになる一歩手前の娘だ。

ある晩リシャールがクリニックの正面にあるカフェでビールを飲んでいると、その女の子が同じ年頃の娘たちと一緒に席についていた。彼女が手で挨拶をした。彼に微笑みかけた。リシャールは彼女たちの席に誘われているのか、単に父親の友人だから挨拶してきたのかわからなかった。リシャールは挨拶を返した。

その後さして気に留めることもせず、アルコールと熱気で頭がぼんやりとしていた。

彼女がテーブルに近づいてきて、「リシャール、ですよね？」と声を掛けてきたとき、彼女のことはすっかり忘れていた。

汗が粒になって背中を伝った。

「はい、リシャール・ロバンソンです」ぎこちなく立ちあがり、握手をした。

彼女は彼に許可を得ることもなく腰かけた。薬局のカウンターの後ろで頰を赤く染めたのを見たときほどうぶではなさそうだった。彼女は通っている大学や暮らしている街ルーアンについて、医師の道を目指して勉強したかったが頑張れそうになかったことなどを話し始めた。甲高い声で歌うように早口でしゃべった。リシャールは汗ばんだ顔で、だるそうに頷いていた。瞼を閉じてしまわないように、彼女から目を離さないようにして、タイミングよく笑顔で相槌(あいづち)を打てるように、時には会話を差しはさめるように努力した。

彼らは特にこれといった目的もなく歩いた。リシャールは自分から彼女にタバコをくれと頼んだのに、吸うのが面倒に感じられた。「どうしたいの？」と訊きたかったが黙っていた。クリニックまで歩いた。建物の前に着いたとき、ためらいもなければ熱意もなかった。リシャールは鍵を取りだし、ガレージを通って建物に入った。

事務所に入るとリシャールは鎧戸を閉めて言った。

「何も飲むものがなくて悪いね。水はどう？」

「タバコ吸ってもいい？」

彼女の肌。乳白色の肌は味気なかった。彼はその肌に唇を押しあてた。口をわずかに開いて、首の窪み、耳の後ろに舌を這わせた。彼女の皮膚は風味に欠け、起伏もなかった。汗さえも無臭だった。指だけがかすかにタバコの匂いがした。

彼女は身につけていた白い薄手のシャツのボタンを自分で外した。丸いお腹、スカートの跡でできたシワ、ブラジャーのゴムの跡のたるみを、リシャールは唖然として見ていた。アデルの骸骨のようなからだを思いだすと、頭から離れなくなった。

マチルダは事務机に背をもたせかけて魔性の女を演じていたが、二十五歳の彼女は危険な女を装っても滑稽に映るだけだった。部屋は物音ひとつしなかった。ふたりのからだを支えている家具も、ギーと軋む音さえ立てなかった。彼女はやっとのことで呼吸していた。彼女なりにいろいろと試してはみたが、禁断の関係、年上の、しかも結婚している男性との情事が輝きをもたらさないことに失望しているようだった。大学の男友達といるよりつまらなかっただろう。リシャールにはおもしろみがなかった。

彼女は頭を左に、右に振った。目を閉じた。丸々とした太ももでリシャールを締めつけた。彼は彼女の尻を摑み、ブラジャーを剝ぎ取り、白い胸を眺めてみたが、どうしてもオルガスムに達することはできなかった。彼はゆっくりと彼女からからだを離した。

通りに出ると、彼女は彼に送らないでいいと言った。

「どちらにしても、近くに住んでいるので」

彼は車に乗った。頭は冴えていた。運転中、何度も手を鼻にあててみた。匂いを嗅ぎ、味わってみたかったが、消毒液の匂いしかしなかった。

マチルダはなんの形跡も残さなかった。

リシャールは彼女を駅まで送っていく。車の中でアデルは窓の外を見ている。朝日が昇り始めたところだ。もやのかかった太陽が丘を優しく照らしている。ふたりともこの奇妙な状況については触れない。彼女はあえて彼を安心させようともしないし、あえて優しく振る舞うこともしないし、逃亡計画など立てないと約束もしない。リシャールは彼女を一人にさせる時期が来たことに安堵している。ほんの短いあいだだとしても、彼女を一人にして自由を味わわせる時間が来たことに。

彼女は戻ってくる。

駅の広場で彼は、うっとりするほど美しいが寂しげな顔をした彼女がタバコを吸うのを見つめる。彼は財布を取りだし、お札を差しだす。

「二百ユーロ。足りるかな?」

「ええ。心配しないで」

「もっとほしかったらそう言って」

「大丈夫。これでいいわ」

「早くしまって。なくしてしまわないうちに」

アデルはバッグを開けて内ポケットにお札をしまう。

「じゃあ明日」

「明日ね」


アデルは窓際の、進行方向とは反対の席に座る。列車が走りだす。車内は礼儀に満ちた静けさに包まれている。全ての仕草が真綿にくるまれているように見える。人々は口元に手をかざして携帯電話でヒソヒソと話している。子どもたちは耳にイヤホンをピタッとあてて寝ている。アデルも眠くなって、外の景色はもはや枠からあふれだす色彩にしか見えない。半分溶けかかったデッサン、灰色の筆記体の文字、緑と黒のぼかし模様。彼女は黒いワンピースに少し時代遅れのジャケットを着ている。目の前の席に男性が腰かけ、彼女に挨拶をする。声を掛けるのに全く難のないタイプの男。彼女は神経が昂り、困惑する。怖いのは男たちではなく、孤独。誰であれ、自分を知る者の目の届かないところにいて、何者でもない誰かでいること、無名の一人となって群衆の中の点でしかないことが恐ろしい。大きな波のような動きに紛れてしまえば逃亡することもできると考えることが。そんなことは考えられない、いや、可能だ。

コンパートメントの端っこに、若い娘がガラス扉を背にして立っている。十七歳にもなっていない。思春期特有の細くて長い脚と少し丸まった背中。彼女にキスしている男の子はリュックサックを背負ったままだ。彼女を押しつぶしてしまうような勢いで覆いかぶさっている。目を閉じ、口を半開きにし、ふたりの舌がもつれ合う。丸くなって、ひっきりなしに。

シモーヌは娘に父親のために弔辞を述べたいかと訊いた。アデルは述べない方がいいと思うと答えた。実際のところ、最後までよく理解できなかった父親について何を話していいのかわからない。

そもそもこの謎めいた一面のせいで彼女は父親に憧れていた。退廃的で、どこかずれていて、誰にも似ていない男、そしてハンサムだと思っていた。彼はよく自由と革命について熱っぽく語っていた。彼女がまだ子どもの頃、父親は、あの頃はこうした生き方以外考えられなかったんだと繰り返しながら一九六〇年代のハリウッド映画を娘に見せた。彼は娘と一緒にダンスを踊り、ナット・キング・コールのメロディに合わせて足を振りあげ、つま先をくるくる回転させたり半回転させたりすると、幼いアデルは楽しくて、驚いて、涙が出そうだった。彼はイタリア語を話した、というか、彼女はそう信じていた。勉学のためにアルジェリア政府から送り込まれたモスクワでは、ボリショイバレエ団の踊り子たちと小さなスプーンでキャビアを食べたことなど話して聞かせた。

彼は時折、突然感傷的になることがあって、そんなときはアラビア語で歌を歌ったが、その意味は誰にも明かすことはなかった。おまえのせいでルーツを失ったと言ってシモーヌを非難しながら怒り狂うことがあった。怒り始めると見境がつかなくなり、こんな生活は必要なかった、全て投げだし、一人きりで、もっとひっそりと、パンと黒オリーヴを食べて生きていけたはずだと言って怒りをあらわにした。畑を耕し、種を蒔き、土地を掘り返すことを覚えたかったと。子どもの頃のような、田舎での平和な人生を送りたかったと。長い飛行に疲れた鳥たちがアリをうらやむこともあるように、田舎の人々をうらやましく思うことさえ時折あった。

シモーヌは笑った。やれるものならやってみなさいよと言って残酷に笑った。そして彼は家を出ていくことはなかった。一度として。


列車の揺れに身を任せ、アデルはうとうとしている。彼女が両親の寝室の扉を押して中に入ると、大きなベッドが目に入る。ミイラのように横たわる父親のからだ。埋葬用の白布に包まれて硬直した足先が天に向かってピンと立っている。彼女は近寄り、肌の見えている部分を探す。手、首、顔。なめらかな額、口角に刻まれた深いシワ。よく知っているいくつもの線、笑顔ができるまでの道、父親の感情の完全なる地図を見つめる。

死体のすぐそばに彼女はからだを横たえる。彼は彼女の思うままだ。最初で最後、彼は逃げ去ることも会話を拒むこともできない。片腕を頭の下に置き、脚を組み、彼女はタバコに火をつける。着ているものを脱ぐ。裸になって亡骸のそばに横たわり、肌を撫で、抱きしめる。瞼に、窪んだ頬に唇を押しあてる。彼女は父親の恥じらいと、彼自身も含め裸というものに対して抱いていた絶対的な嫌悪感を思う。命尽きて横たわり、どうすることもできない今、彼は卑猥な好奇心に抵抗することはできない。彼女は亡骸に覆いかぶさり、ゆっくりと白布をめくっていく。

サン・ラザール駅。彼女は列車から降りて、きびきびとした足取りでアムステルダム通りを進んでいく。

　ふたりは以前の生活との関係を絶っていた。根こそぎバッサリと。アデルの衣類、旅の思い出、アルバムの入った箱まで、数十個もの段ボールを置き去りにして。家具は売り、絵画は人に譲った。出発の日、ふたりは思い出に浸ることなしにアパルトマンを一瞥した。家主に鍵を返し、打ちつける雨の中、車を走らせた。

　アデルは新聞社には二度と戻らなかった。辞表を出す勇気がなく、「懲戒解雇、職場放棄」と書かれた手紙を受け取り、リシャールから鼻先に突きつけられた。友人、仲間、大学の同窓生、昔の仕事仲間、誰とも連絡をとらなかった。会いに行けない理由を見つけた。彼らが慌ただしくパリを去ったことに多くの知り合いが驚いた。しかしふたりに何が起こったのか知ろうとする者は誰一人としていなかった。まるでパリの街がふたりを忘れられてしまったかのように。

　アデルは神経質になっている。テラスの席が空くのを待ちながら、客たちに視線を走らせ、立ったままタバコを吸う。旅行者のカップルが立ちあがるとアデルはすかさず席につく。通りの反対側にロレンヌの姿を見つける。彼女は手を上げたかと思ったらすぐに目を伏せる。笑顔になったり喜びを表したりしてはいけないと感じているように。

ふたりはアデルの父親のこと、埋葬の時間について話す。ロレンヌは言う。「もっと早く言ってくれたら一緒に行ったのに」リシャールはどうしているか、リュシアンは元気かと訊く。小さな村の一軒家での暮らしを心配する。「そんな辺鄙(へんぴ)なところで何してるの？」ヒステリックに笑う。

ふたりは思い出話をするが、アデルは心ここに在らずといった感じで楽しめない。思い出に浸ろうとしてみても、心が空っぽなのだ。話すことが見つからない。腕時計を見る。そろそろ行かなくちゃ、列車に乗らなきゃと言う。ロレンヌは天を仰ぐ。

「なんなのよ」アデルが訊く。

「人生最大の過ちを犯しているわね。どうしてあんなところに引きこもったの？　片田舎の豪邸の専業主婦でいることに幸せを感じているの？」

リシャールとの結婚が問題だったのだと繰り返すロレンヌの言い方にアデルは腹が立つ。ロレンヌが彼女に忠告してくるのは友情からではなく、他の感情に導かれてのことだと疑っている。「あなたは幸せじゃない。認めなさいよ！　あなたみたいな女が！　まるで愛していたから結婚したみたいだけど、本当は違うじゃない」

アデルは言わせるだけ言わせておく。もう一杯ワインを注文して、ゆっくりと飲む。

タバコを吸いながら、ロレンヌの非難に黙って頷く。ロレンヌが説得材料に行き詰まると、アデルは冷静に、正確に攻撃を始める。リシャールの口調を真似ていることに、彼が使い慣れている言葉を使っている自分に驚く。考えを明確にして、ロレンヌがぐうの音も出ないような単純な感情を説明する。家を持つことの幸せ、リュシアンにとって自然と触れ合うことの大切さ。ささやかな幸せ、日常の喜びをしきりに高く評価する。さらにアデルはこんな言葉さえ口にする。ばからしく、不公平な言葉。「ねえ、子どもがいない人には理解できないのよ。いつかあなたにもわかる日が来るといいわね」愛されていると自覚している者の残酷さ。

アデルは時間に遅れているのに、ブローニュ＝シュル＝メールの駅から両親の家までのろのろと歩いている。灰色で人気のない、殺風景ですさんだ感じの通り。火葬場での葬式には間に合わなかった。パリで時間をかけ過ぎてしまい、予定していた北駅からの列車に乗り遅れてしまったのだ。

アパルトマンの呼び鈴を鳴らしても返事がない。建物の入り口の階段に腰を下ろして待つ。一台の車が停車し、シモーヌが二人の男性に付き添われて降りてくる。からだの線に沿った黒いワンピース、シニョンにまとめた髪に小さな帽子を載せてピンで留め、顔はベールで覆っている。サテン地の見るもおぞましい手袋はシワのある手首のところでひだが寄っている。彼女はこうした異様な身なりをすることを恐れない。涙に暮れる未亡人を演じている。

葬式に参列した人々がアパルトマンの中に入っていく。手伝いに来ている給仕の男性が小菓子をテーブルに置くと皆が殺到する。シモーヌは自分の手に次々と置かれる手の上に、もう片方の手を重ねる。抑制のきかない嗚咽に身を任せ、カデールの名を叫ぶ。喪の悲しみとアルコールのせいで少しみだらになっている男たちの腕の中で呻くように泣く。

シモーヌは鎧戸を閉め切っていたが、部屋は熱気でむせかえるようだった。古い肘掛け椅子にジャケットを掛けると、アデルは棚という棚がきれいに整理されているのに気づく。父親のCDは一枚残らずなくなって、シモーヌが棚を磨くのに使った埃取り洗剤の甘い匂いが漂っている。アパルトマン全体がいつもより清潔に見える。まるで母親が午前中いっぱいかけて床を磨き、写真立ての縁まで汚れを拭き取ったかのように。

アデルは誰とも口をきかない。葬式に参列した者の中には彼女の気を引こうとする者もいる。彼女が会話に参加することを期待してわざと大きな声で話している。言うべきことは全て言ってしまい、あまりにも退屈で、彼女なら気を紛らわせてくれるだろうと期待しているのだ。シワだらけの顔、顎が立てる音が彼女に深い嫌悪感を抱かせる。すねた子どものように耳を塞ぎ、目をつむりたかった。

八階に住む男が彼女をじっと見つめている。いやらしい目をしている。涙が一滴、瞼にぶら下がっているように見える。この隣人、あまりに太り過ぎていて、アデルは腹のたるみの下に隠れた彼の性器を探すのに苦労した。脂肪の下で汗ばみ、巨大な腿に擦られて焼けるように熱くなった性器。彼女は高校の授業が終わると、午後、彼の家に上がっていたのだ。居間と二つの寝室があった。大きなバルコニーがあって、彼はそこにテーブルと椅子を置いていた。息を呑むような素晴らしい景色が広がっていた。彼はキッチンの椅子に腰かけ、ズボンをくるぶしまで下ろし、アデルは、海を見ていた。「ほら、イギリスの海岸が見えるだろう？　触ることだってできそうだ」水平線は平らだった。誰の目にも明らかに。

「リシャールは一緒に来なかったの？」シモーヌは訊き、娘をキッチンに連れていく。彼女は酔っている。

「リュシアンを一人にできないでしょ、それにウィークデーのど真ん中にクリニックを閉めるわけにはいかないのよ。彼が電話でそう言ってたでしょ」

「がっかりした、それだけだよ。来なければあたしの癪に障るって、あの人にはわかってると思ってた。いっぱい紹介したい人がいたのに、いい機会だったのに。でもまあ、なんだか……」

「なんだか、何よ？」

「自分のクリニックと大きな家を持ってから、旦那様はあたしたちのことはどうでもいいっていうか。今年なんてここに来たの、一回よ、それに口もきいてくれないじゃない。だから来ないいんじゃないかとは思ってたけどね、ま、いいけど」

「やめてよ、ママ。仕事が忙しいの、それだけよ」

ホテルのバーで集めたマッチ箱のコレクションのすぐ横に、シモーヌは白とピンクの骨壺を置いた。ビスケットの箱か、はたまたイギリス風の古いティーポットのようだ。たった一夜のうちに父親は黒い肘掛け椅子から居間の棚に移ってしまった。

「パパが火葬を望んでいたなんて考えたこともなかった」

シモーヌは肩をすくめてみせた。

「敬虔な信者ではなかったけど、イスラム教の習慣くらいは守ってあげても……土葬にすべきだったんじゃない。相談してくれても良かったのに」最後は聞こえるか聞こえないかのつぶやきだった。

「あんた、ここに何しに来たの？　あたしを非難しに？　死んでしまったあとでも父親の肩を持つの？　どっちにしてもずっと父親の味方だったもんね。彼のばからしい夢、幻想。偉大なる人生！　彼にとって一度だって人生は偉大だったことがない。一つ、あたしから教えてあげようか」シモーヌはジンを一口飲み干し、切り歯で舌を鳴らした。「不満を抱えて生きている人たちっていうのは、周りにいる人たちを破壊するのさ」

アルミニウムのお盆は空っぽになり、参列者たちがアデルにいとまを告げる。「お母さんは休まないといけないね」「いいお葬式だったよ」扉を通り過ぎながら、皆一様に横目でチラッと父親の骨壺を見ていく。

シモーヌがソファになだれこんだ。頬紅の目立つ顔で嗚咽している。彼女が靴を脱ぐと、アデルは母親のシワだらけで茶色いシミに覆われた皮膚を見る。黒いワンピースのサイドに入ったスリットは大きな安全ピンで留めてある。理解不能な不満をつぶやきながら泣いている。怯えているように見える。

「あんたたちは結託してた。いつだってふたりで組んであたしに反対してた。もしカデールがいなかったら、ここには何年も帰ってこなかっただろうよ、でしょ？　あんたはカデールにとって世界で八番目の不思議、特別な存在だった。何かっていうと、アデル、アデルって。彼にとっては、あんたは幼い頃の優しいいい子のままだった。その方が都合が良かったのさ。あの人はあんたをかばってた。あんたを罰して、真正面から向き合うなんて、意気地がなさすぎてできなかったんだよ。よく言ってたよ、シモーヌ、娘に話をしろよってね、そうして自分は目を背けてた。でもね、あたしはだまされないよ。かわいそうに、リシャールは何も見えてない。彼もあんたの父親と同じ、盲目的でうぶなんだ。男たちは女が何者かを知らない。知りたくないの。あたしはね、あんたの母親だもの、なんでも覚えてるよ。腰をくねくね振って歩いてた、あんたは八歳にもなっていなかった。そうやって男たちの心をかき乱していたんだ。人目につくような年頃じゃないのに、大人はあんたのことを噂してた。と言ってもいいことは言ってなかったけどね。大人が好きじゃないタイプの子どもだった。子どもの頃から性的な倒錯が住みついていたんだね。カマトト、猫っかぶり。出ていくんだろう、そうだね。あんたに期待することなんて何にもないよ。優しすぎるリシャール、かわいそうなリシャール。あんたにはふさわしくないよ」

アデルはシモーヌの手首に自分の手を重ねる。本当のことを言いたい。母親に真実を打ち明け、母親の思いやりにすがりたい。母親の額にまとわりついている、子どもの毛のように細い髪が張りついた額を撫でてあげたい。幼い頃、アデルは母親にとって重荷だった。そしてやがて敵となり、優しさや温かさ、言い訳や説明の入りこむ余地がなくなった。今さら、どこから話を始めたらいいかわからない。話したとしてもぎこちなくなって、三十年間のとげとげしさ、悲嘆、痛恨を爆発させてしまうのが怖い。子ども時代の記憶にポツポツと残る、あのヒステリーの現場に立ち会いたくない。引っ掻き傷のついた顔で、髪を振り乱して、まるで地球全体を相手にしているように喚き散らす母親を見たくない。喉を詰まらせ、アデルは口を閉じている。

シモーヌは鎮静剤を飲んだせいで、口を半開きにして寝こんでしまった。アデルはボトルに残っていたジンを飲み干す。母親がオーブン付きレンジの横に置きっぱなしにしていた白ワインの残りも飲み干す。鎧戸を開けて窓から人気のないパーキング、草の干からびた小さな庭を見る。子ども時代を過ごしたうす汚いアパルトマンで、アデルはからだを揺らし、壁にぶつかる。手が震えている。眠りたい、彼女の中に住みついている猛威を眠らせていたい。しかしまだ外は明るい。日が暮れるまでにはしばらく時間がありそうだ。彼女は外に出て、ふらつく足で歩き始める。アパルトマンの玄関にはお札を入れた封筒と、ブローチの入ったオレンジ色の箱を置いてきた。

アデルは街の中心に行くのにバスに乗る。天気がよく、通りには活気がある。旅行者たちはお互いに写真を撮り合っている。若者たちは石畳に座りこんでビールを飲んでいる。アデルは転ばないように自分の歩数を数える。太陽のあたるテラスの席に腰かける。母親の膝の上で、幼い男の子がストローに息を吹きこんでコーラの入ったグラスに泡を立てている。ギャルソンからどなたかお待ちですかと訊かれる。アデルは頭を横に振って答える。一人ではこの席にはいられないということだ。テーブルを譲って建物の中のバーに入っていく。

以前、ここに来たことがある。中二階のテーブル席、ベトベトするカウンター、奥にはちょっとしたホールがあって、その全てが馴染みのあるものだ。あまりに平凡な場所だからひょっとすると気のせいかもしれないが。バーは学生であふれている。試験が終わってバカンスの始まりを祝う、騒々しくて、どこにでもいる幸せな若者たち。ここでは彼女は何もすることがない。バーテンダーが怪訝(けげん)そうな顔をして、彼女の震える手、どんよりした目を見ているのにアデルは気づいている。

彼女はグラスに入ったビールを飲む。お腹が空いている。一人の青年が隣に腰かける。ほっそりとした体型で、優しい顔立ちの若者。こめかみを刈りこんで長い髪を頭のてっぺんまで撫でつけている。饒舌だが彼女は彼の話をほとんど聞いていない。彼はミュージシャンらしい。小さなホテルで警備員として働いている。彼は自分の子どもの話もする。生後数ヶ月で、アデルは名前を忘れてしまったがどこかの街に母親と一緒に住んでいるという。アデルは微笑んでいるが、頭の中では、わたしを裸にして、カウンターに、そこに乗せてとつぶやいている。両腕を摑んで動けないようにして。カウンターに顔を押しつけて。彼女は想像する。男たちが次々とやってきて、自分の一物を彼女の腹の中に押しこんでいき、彼女のからだを前へ後ろへと押しやるところを。悲しみを追い払えるまで、心の底に何層にも積み重なっていく恐怖を黙らせるまで。何も言うことなどなく、ひたすらからだを捧げられる方がいい。ホステスバーのショーウィンドーで売春婦特有の視線で男たちを誘っていた、パリで見た娘たちのように。アデルはこのホールにいるみんなに彼女を肴に飲んでほしい、彼女のからだに唾を吐きかけてほしい、男たちが彼女の五臓六腑まで到達し、全てを剝ぎ取り、生気を失った肌の断片になってしまいたい。

ふたりは従業員用のドアから外に出る。若者はジョイントを巻き、彼女に差しだす。

彼女は陶酔しながら絶望している。何かを話し始めるが最後まで話せない。「何が言いたかったのか忘れちゃった」と繰り返す。彼は彼女に、子どもはいるのかと訊く。彼女はジャケットのことを考える。母親のアパルトマンの居間に置いてきてしまったジャケットのことを。寒い。家に戻るべきだろう。でももう遅いし、ひどく遠くに思える。あそこまで一人で歩くなんて絶対にできそうにない。勇気を一身にかき集めて、良いことと悪いことを判断しなくては。理性を持って行動しなければ。

リシャールが全てを知ってしまったとき、アデルはいつかはここへ戻ってくることになるのだろうと思った。この街へ、両親のアパルトマンへ。頼る人もお金もなく、辱められて。廊下の奥まった部屋で寝起きすること、母親のしわがれた声で一時間おきに非難を浴びせられること、言い訳を求められることを考えただけで身震いした。寝室で首を吊っている自分の姿を想像した。足の指先にヒールの高い靴をぶらぶらさせ、今でも悪夢を思い起こさせる青と白の壁紙だけを見つめて。紫色の唇、羽のように軽いからだを小さなベッドの上で揺する、そしてついに恥は圧殺される。

「なんて言った？」

若者はなんとか会話を成立させようとしている。彼女は彼に近寄り、キスをし、彼の上半身に自分の胸を押しつけるが立っていられない。彼は笑いながら彼女のからだを捕まえる。彼女は目を閉じる。ジョイントのせいで吐き気がし、床がぐらつき始める。

「すぐ戻る」

彼女は深呼吸をしながらホールを横切る。トイレにはナイロンのミニスカートでからだを締めつけた若い女の子の一群が化粧直しをしている。クスクス笑っている。アデルは床に仰向けになり、両足を少し持ちあげて壁に押しつける。駅までたどり着く力がほしい。電車に乗る、あるいは、電車の下に飛びこんでいく勇気がほしい。本当は他のどんなことより、何よりも、連なる丘、黒い木組み造りの家、巨大な孤独、リュシアンとリシャールのもとに帰りたい。尿の臭いのするタイルに頬をつけて泣く。帰れない自分が悲しくて泣く。

彼女は立ちあがる。冷たい水道水を頭に浴びせる。まるで溺死寸前の人のようだ。蒼白になった顔、見開いた目、血の気のない唇。ホールに戻るが誰も彼女に気づかない。深い霧の中を浮遊しているような気がする。ほろ酔いになった学生たちの一群が肩を組み、歌詞を叫びながら飛び跳ねている。

先ほどの若者が彼女の肩に手を置く。彼女はハッとする。

「どこにいたの？　大丈夫？　真っ青だよ」彼は優しく頬に触れる。

アデルは微笑む。素直に心が和んで笑みがこぼれる。彼女はこの歌が好きだ。彼の腕の中に倒れこみ、音楽のリズムに身を任せる。彼は彼女の骨ばった脇腹を両手で締めつける。彼女のからだを強く抱きしめ、両手で彼女のむきだしの腕をさすって温める。彼女は目を閉じ、頬を彼の肩に乗せる。ふたりの足はゆるゆると動き、右から左へ揺れる。彼が彼女の手をとり、くるりと回転させ、ゆっくりと自分の方に戻すと彼女は目を開ける。彼に微笑みかけ、首に唇をつけて囁く。

「あなたは、わたしを、知らない」

歌が終わる。ホールの雰囲気を一転させる曲が流れ始めると群衆は叫び声をあげる。ダンスフロアに人があふれかえり、ふたりはバラバラになる。目を閉じたまま、アデルは両手を首の後ろに置いて踊る。両手を下ろして胸を撫で、股の付け根のあたりまで下ろしていく。ますますヒートアップするリズムに合わせて、彼女は両腕を振りあげる。腰を、肩を揺らし、頭を左右に振る。彼女は優しい凪に包まれる。世間の荒波から逃れ、束の間、恩寵に浴しているように感じる。十代後半の頃、時間の経つのも忘れて、時にはたった一人ダンスフロアで踊っていたときの喜びが戻ってくる。無邪気で美しかった。なんの障害も感じていなかった。危険を推し量ることさえしなかった。自分のしていることが世の中の全てで、もっともっと高いところにある、大きな、胸が躍るような素晴らしい未来が待っていると信じていた。もはや、リシャールとリュシアンはぼんやりとした記憶でしかなくなり、ゆっくりと溶けて、そして消えていく。

彼女はめまいがするのを物ともせずに、からだを回転させる。薄眼を開けると、暗いホールに輝く小さな光のおかげでなんとか立っていられる。この孤独の底に沈みこんでいたいが、彼らに引きずり出される。彼らが彼女のからだを引き寄せ、孤独でいることを許さない。誰かが後ろから彼女のからだを摑むと、彼女は彼の性器に自分の尻を擦りつける。彼女にはねっとりした笑い声が聞こえない。彼女を自分の手からもう一人の男へと回し、次々とからだを締めつけ、ちょっとばかにしながら、彼らが交わし合う視線が見えない。彼女も笑っている。

目を開けると、優しい若者は姿を消していた。

彼はプラットフォームで待った。彼女は十五時二十五分の列車に乗っていなかった。十七時十二分の列車にも。彼は彼女の携帯に電話をした。彼女は出なかった。コーヒーを三杯飲み、新聞を買った。列車に乗る顔見知りの患者二人に笑顔で挨拶すると、誰を待っているのですかと訊かれた。十九時、リシャールは駅を後にする。アデルの不在のせいでまともに息をすることもできず、頭がおかしくなりそうで、不安から気を逸らすものは何もない。

クリニックに戻るが、待合室は空っぽだ。彼の気持ちを紛らわす緊急事態は何ひとつとしてない。カルテをいくつかめくってみるが、神経質になりすぎていて仕事にならない。アデルのいない夜を過ごすことなど考えられない。彼女が戻ってこないなど信じられない。隣人に電話をする。嘘をつき、自分は緊急の患者がいて戻れないのでリュシアンをもうしばらく預かってほしいと頼む。

友人たちの待つレストランに向かって歩く。歯科医のロベール、公使のベルトラン。

そして、どんな仕事をしているのか誰も知らないドゥニ。これまでリシャールは仲間とつるむのをずっと避けてきた。一度も群集心理に動かされたことはなかった。医学部にいるときも、他の学生たちと少し距離を置いていた。当直の部屋で交わされる卑猥なユーモアはおもしろいと思えなかった。女性の看護師と寝たことを自慢する同僚たちの話が好きではなかった。女性をものにした話にまつわる、たやすく、無意味な男たちの結託は避けてきた。

外気はとても暑く、友人たちはテラスで彼を待っていた。すでにロゼワインを数本空けており、リシャールは彼らに追いつくためにウィスキーを注文する。神経がピリピリして落ちつかず、一触即発の状態だ。喧嘩をふっかけて怒りをぶちまけたい。しかし仲間たちはそのきっかけをくれない。鈍くて、平凡で、無意味なことしか話さない。ロベールが医療の現場について話し、彼に証言を求める。「おれたち首を絞められている感じだよな、そうだろ、リシャール？」ベルトランは穏やかで尊大な声で、このままでは社会的な規範がダメになってしまう、だから団結する必要があるのだと長々と論じる。そしてドゥニ、穏やかなドゥニは繰り返す。「しかしさ、きみらふたりは同じことを言ってるわけだよね。ふたりとも正しいよ」

食事が終わりにさしかかると、リシャールは顎が震えだす。彼はアルコールのせいで陰気になり、感じやすくなる。泣きたくなり、会話を乱暴に打ち切ってしまいたくなる。目の前に置いてある携帯の画面が光るや手に取る。彼女は電話をかけてこない。彼は食後酒を待たずに席を立つ。ロベールはアデルの美しさを口にして、リシャールは早く家に帰りたくて仕方ないのだと言う。リシャールは笑みを作り、ウインクをしてみせ、レストランを後にする。本当は、べたついた唇のこの間抜けな男を殴ってやりたかった。帰宅して妻のからだに覆いかぶさることに栄誉があるとでも思っているこの男を。

滑りやすい道路を猛スピードで走らせる。重苦しいほど暑い夜で、遠くに聞こえる雷のせいで馬がいななく。車を停める。運転席に腰かけたまま家を眺める。外壁に食いこむ窓枠。木のベンチと朝食用のテーブル。家を隠すように谷間を作って連なる丘。この家は、彼が彼女のために選んだ。アデルが何ひとつ心配することのないようにと。バタバタ音を立てていた鎧戸を修理し、小さなテラスに菩提樹の小道も作らせた。

幼い頃のように、彼は自分に誓う。自分に約束する。もし彼女が戻ってきたら、全てが変わる。彼女を決して一人きりにしない。家の中に蔓延（まんえん）していた沈黙を破る。彼に注意を惹きつけ、なんでも話をし、彼女の言うことに耳を傾ける。恨みも後悔も残さない。何事もなかったように振る舞う。笑顔で言う。「列車に乗り遅れたんだね」それだけ言って話題を変えて、そして忘れる。

今となっては、彼は幻想を抱かないように用心しているが、それでも確信している。アデルはこれまでになく美しい。パリを離れてから、呆然として、驚いて涙ぐむような顔をしている。目の下のクマはなくなった。瞼はダンスフロアのように広々として輝いている。夜は安心してぐっすり寝ている。心配事も隠し事もない眠り。トウモロコシ畑や住宅街、子どもたちの遊び場の夢をみると言う。彼はあえて聞かない。「海の夢をまだ見るかい？」とは。

彼は決して触れることはしないが、彼女のからだなら知り尽くしている。毎日、穴があくほど観察している。膝、肘、足首。アデルにはもう青あざはない。彼がどんなに探しても、彼女の肌はなめらかで、村の家の壁のように青白い。彼女はもうでたらめを言う必要などない。アデルはベッドのヘッドボードに頭をぶつけない。安物の絨毯に背中を擦りつけることもない。前髪でこぶを隠すこともない。体重も増えた。夏物のワンピースの下に隠されたお尻には丸みがつき、お腹もふっくらとして、肌はやわらかく、感覚で捉えられるようになった。

リシャールは彼女を抱きたい。いつも。乱暴で利己的な欲求。時々、彼は何かしら行動を起こしたい、彼女に向かって手を伸ばしたいと思う、でも、動かない、ばかみたいに、じっとして。そして自分の性器に手をあてる。叫び出しそうになって慌てて手のひらを口にあてる子どものように。

それでも、本当は彼女の胸に抱かれて泣き崩れたい。彼女の肌にしがみつきたい。彼女の膝に頭を埋め、歪められた大きな愛で慰められたい。彼女を欲しているが、彼には聞こえてくる。男たちが彼女の上を往来する音が。そのことに彼は動転させられ、頭にこびりついて離れない。終わろうとしない、どこにも行き着くところのない反復運動、音を立て合う肌、締まりのない腿、白目を剝いた目。時計の音のように規則的で、不可能な探求のようで、叫び声と、彼女の底に眠っている嗚咽を引き出し、ありとあらゆる景色をゆるがしたいという欲望のように往来を繰り返す、それ自身には決して帰着することのない、美しさと可能な限りの優しさを約束するこのピストン運動。

彼は車から降りて家に向かって歩く。酔っ払って、少し吐き気がする。ベンチに腰かける。ポケットに手を突っこんでタバコを探す。持っていない。彼はいつも彼女のタバコを吸うのだ。彼女は去ることはできない。彼らを置き去りにすることはできない。罪を許してくれた人を裏切ってはいけない。この家に一人で入っていくことを考えながら彼は洟（はな）をすする。リュシアンが「ママはどこ？　いつ帰ってくるの？」と訊いてきたら答えなければならない。

彼女が身を潜めているところに、彼は迎えにいく。そしてここへ連れ帰る。もう彼女から目を離すまい。ふたりで新たな子どもを持とう。女の子がいい。母親似のまなざしと父親似の不屈の精神を持つ女の子。アデルが世話をして、狂おしいほどの優しさで愛する女の子。おそらくいつか、彼女は平凡な雑用に追われる日々に満足するだろう。そして彼女が居間の模様替えをしたくなったとき、娘の部屋の壁紙を何時間もかけて選ぶとき、彼は幸せを、死ぬほどの幸せを覚えるだろう。彼女がおしゃべりをしすぎたり、気まぐれに振る舞うときも。

アデルも年老いていく。髪は白くなり、まつげは垂れていく。誰も彼女に目を留めなくなるだろう。彼は、彼女の手首を摑み、彼女の顔を日常に深く沈めて、彼が歩く後に立つ埃の中、彼女を引きずっていくだろう。彼女が空虚を恐れて落ちていきたい願望にかられたとき、彼は彼女を決して離さない。そしてある日、干からびた彼女の肌に、ひび割れた頰にキスをする。彼女を裸にして。彼は自分の妻の性器の中に、拍動によって血液が脈打つ音しか聞かないだろう。

そして彼女は身を任せる。小刻みに震える頭を彼の肩に置くと、彼は錨(いかり)を下ろしたかのようにからだ全体の重みを感じるだろう。彼女は彼の上に、墓場に束にして添える花の種を蒔いていくのだ。そして彼女は死に近づくほどに優しくなっていく。アデルは明日、からだを休める。そして彼女はセックスをする。虫に食われた骨とミシミシいう腰で。年老いた女のようにセックスするだろう。まだ自分は若いと信じて、目を閉じて、そしてもう何も言わない。

まだ終わってはいないんだよ、アデル。いや、終わらないいんだ。愛、それはがまん以外の何物でもない。凝り固まった、熱烈で横暴な忍耐。不条理なほど楽観的な辛抱。

ぼくらはまだ終わっていないんだ。

解説　その欲望の裏側にあるもの

山崎まどか

パリのアパルトマンで子守と家事を職業とする女性＝ヌヌが起こした衝撃的な事件を描いた『ヌヌ　完璧なベビーシッター』（２０１６）で、国際的な作家として躍り出たレイラ・スリマニ。『アデル　人喰い鬼の庭で』（２０１４）は新時代のフェミニズムを牽引する作家として注目を浴びる彼女の、小説家としてのデビュー作に当たる。日本でのこの刊行はゴンクール賞に輝いた『ヌヌ　完璧なベビーシッター』が先となったが、この作品ではフランス語で書かれたモロッコ文学を対象とするラ・マムーニア文学賞を受賞し、彼女は初の女性受賞者となっている。

感傷の余地を許さない、冷徹でハードボイルドな彼女の視点は、既にこのデビュー作で確立されていると言っていい。日本版のタイトルにもなっているヒロインの名前はアデル。三十五歳、スレンダーな美しい女性でパリの高級住宅街十八区のアパルトマンに住んでいる。消化器外科医である夫のリシャールとの間に男の子が一人いて、本人は新聞社に勤めるジャーナリスト。一見すると、何ひとつ不自由のない生活に見える。

ところが、冒頭の一文から彼女は飢えている。満たされず、欲望に抗うように自分を鍛錬し、痛めつけ、気をそらそうとしている。しかしどんなに絶望的な努力を重ねても、アデルは一瞬の肌の触れ合いや交わした視線にあっさりと負けて、心が通わない男たちに自分を投げ出す。彼女は明らかにセックスの依存症だ。

まるでアルコールやドラッグのように性交渉を求め、日常生活から逸脱していく女性の物語を書くために、レイラ・スリマニはトルストイの『アンナ・カレーニナ』やフローベールの『ボヴァリー夫人』、ブニュエル監督の映画『昼顔』の原作となったジョセフ・ケッセルの小説などを読み直したという。

女性の性生活を克明に描くのは、簡単なことではないだろう。それが性依存症の女性の世界ならば、尚更だ。セックスを過剰に求める女性たちは、男性的な眼差しが支配する物語の世界で都合よく扱われてきた歴史がある。色情狂。淫乱。そのような位置付けをされる場合は、性を求める女性はどんな形であっても、ストーリーにおける客体的な存在、男性が好きにしていい対象に過ぎない。性を貪欲に求める女性は、同じような男性と対等ではないのだ。女性の性は男性から奪われるものとして描かれている。異性からのみ与えられるものを欲する女性は、ポルノ的なファンタジーとしてだけではなく、グロテスクで惨めなもの、忌むべき、恐ろしいものとしても描き出される。

『アデル　人喰い鬼の庭で』はホラーではなく、またポルノでもない。女性の病理をサスペンスフルに、また詩的に描いた作品になっている。アデルの行動についてスリマニはモラルを説いて裁くような真似はせず、またセンチメンタルに悲劇を演出することもない。何がアデルを性や裏切りに駆り立て、セックスの最中にどんな心理状態にあるのか。スリマニはこのヒロインに焦点を当て、ただ事実と感情の動きだけを追うことによって目を凝らして彼女の真実を探り当てようとする。

　セックスの場面はふんだんにあるが、非情とも言えるようなスリマニの筆致による性交の描写は全く官能的ではないので、セクシーなものを期待していた人は裏切られるかもしれない。優しい抱擁も、触れ合いも、エクスタシーの後のけだるく、解き放たれた感覚もそこにはない。コミュニケーションは最小限。アデルはただ性交がもたらす興奮によって、不安から逃避することを求めている。そのオーガズムによって彼女が感じるのは歓（よろこ）びではなく「どこかに到達しようとする、地獄のような怒り」だということが興味深い。アドレナリンによる激しい感情の発散こそがアデルのエクスタシーだ。ただ、その高揚はあまりにも儚（はかな）く消えて、アデルには虚しさしか残らない。だから次の男、次のセックスへと常に駆り立てられている。過度な期待、一瞬の強烈な衝撃、満たされない思い。依存症の典型だ。

　もうひとつ、もしかしたらアデルがセックス以上に欲しているのは、男性の眼差しである。女優を夢見たこともあり、幸せな主婦になりたいと願っていた彼女は、男性の性的な対象でいることでしか自分の存在意義はないと思っている。夫リシャールに連れてこられたパーティで注目されず、逆に自意識過剰になった彼女の心理について、スリマニはこう描写する。「今夜、彼女は存在できない」

このフレーズで思い出したのは、一昨年、レイラ・スリマニが来日した時に私が行ったインタビューでのやりとりだ。彼女が描いた子供の世話と家事を生業とする女性たち＝ヌヌは社会的に〝見えない〟存在だろうかと私が聞くと、彼女はこう答えた。

「(ヌヌがインビジブルであるのは）まず、女性だからです。女性というのは女性であるというだけで社会的には見えにくい存在です」

それに加えてヌヌたちが移民であり、貧しく、価値のない仕事をしていると思われているからだという話がそこに加わってくるが、女性が女性であるというだけでインビジブルであるという指摘はインパクトのあるものだった。思えば『アデル 人喰い鬼の庭で』を書く上で彼女が参考にしたという『アンナ・カレーニナ』も『ボヴァリー夫人』も、社会的には〝見えない〟女性だった。彼女たちは夫に付随する存在に過ぎない。だから自分が可視化されるステージを求めて、情事にのめり込んでいく。こうした物語で描かれる男女関係は、ロマンスではないのである。夫と彼女の実家の違いを見れば、アデルが社会的な階層を上げる手段としてリシャールと結婚したことは明らかだ。夫の属するクラスに本来、彼女の席はない。アデルは家庭において安穏と主婦の座に定住することはできないが、仕事に自分の姿を見つけることもできない。アデルが可視化されるのは、セックスの対象としてだけ。客体的な存在のはずだが、彼女は求められることで自分が男性よりも優位に立ったと感じられる。アデルが関係を持つ男たちは、ルックスや肉体において彼女よりも劣る存在として描写されている。大臣のアフリカへの公式訪問の密着取材で、彼女が性的な行為に引き込む男性たちの社会的な地位がバラバラであるのを考えても、アデルが性を通して欲しいのが男性の権力でないことは明らかだ。セックスの間は、彼女は相手よりも常にパワフルでいられる。それが幻想だとしても。

小説は徹底的にこのヒロインの内面のみにフォーカスし、なりふり構わず誰にでも抱かれたがるこの女性を、相手の男性たちがどのように受け止めているかは一切描かない。男性の目線がそこに入ったら『アデル　人喰い鬼の庭で』は全く違うタイプの小説になっていただろう。それこそ扇情的なポルノになってもおかしくない。しかしスリマニの物語において重要なのは、アデルがこの世界をどう捉えているかであって、彼女がどのように受容されているかではないのである。

しかし、小説の後半でアデルだけではない、もう一人の視点が加わることによって、物語の方向性は変わってくる。アデルが根本的に持っている虚しさや、人間としての悲しみが浮かび上がってくる。

この小説はアデルの性依存症を、安易なトラウマ的体験と結び付けなかった。複雑で不可解な心理をそのままの形で提示したところが素晴らしい。

原題は「Dans le jardin de l'ogre」。〝人喰い鬼〟と訳されている〝オグル〟とは、ヨーロッパの伝承や神話に登場する怪物の種族のことだ。物語によって怪物の設定は異なるが、人肉を食べるという点で共通することが多い。この〝人喰い鬼〟とは何者なのだろう。もしそれがアデルを意味するならば、女の人喰い鬼であることを示すl'ogresse（オグレス）が使われるはずだ。この〝オグル〟はアデルを性的に貪る男たちを表しているのだろうか。あるいはアデルを内側から侵食している凶暴な欲望のことなのか。

しかしその欲望の裏側に、常に傷つく魂がある。悲劇の予感をはらんだラストにはっきりとした救済はないが、アデルの痛み、そしてアデルを想う人の感じている痛みが、性をめぐるこのドライなドラマの中に切ないほどの人間性が潜んでいるのを物語っている。それこそが、男たちと体を重ねながらヒロインが探していたものなのかもしれない。

レイラ・スリマニは本国で新作『Le pays des autres（他者の国）』を出したばかり。

これはモロッコ独立前夜から21世紀までを舞台に、三世代の家族を描く三部作の第一作目に当たるという。
特異な視点で社会と女性の関わりを語る作家として、これからも彼女に注目していきたい。

（やまさき・まどか　文筆家）

レイラ・スリマニ
松本百合子 訳
ヌヌ
完璧な
ベビーシッター
CHANSON DOUCE
Leïla Slimani
集英社文庫

●集英社文庫

存在の耐えられない軽さ

ミラン・クンデラ　千野栄一＝訳

「プラハの春」とその夢が破れていく時代を背景に、ドン・ファンで優秀な外科医トマーシュと田舎娘テレザ、奔放な画家サビナが辿る、愛の悲劇。たった一回きりの人生のかぎりない軽さは本当に耐えがたいのだろうか？　甘美にして哀切。クンデラの名を全世界に知らしめた、究極の恋愛小説。

集英社文庫

アデル　人喰い鬼の庭で

2020年7月25日　第1刷　　定価はカバーに表示してあります。

著　者　レイラ・スリマニ

訳　者　松本百合子

編　集　株式会社 集英社クリエイティブ
東京都千代田区神田神保町2-23-1　〒101-0051
電話　03-3239-3811

発行者　徳永　真

発行所　株式会社 集英社
東京都千代田区一ツ橋2-5-10　〒101-8050
電話　【編集部】03-3230-6095
【読者係】03-3230-6080
【販売部】03-3230-6393(書店専用)

印　刷　図書印刷株式会社

製　本　図書印刷株式会社

フォーマットデザイン　アリヤマデザインストア　　マークデザイン　居山浩二

ISBN978-4-08-760765-9 C0197